浮士德情愛日

陳莫 著

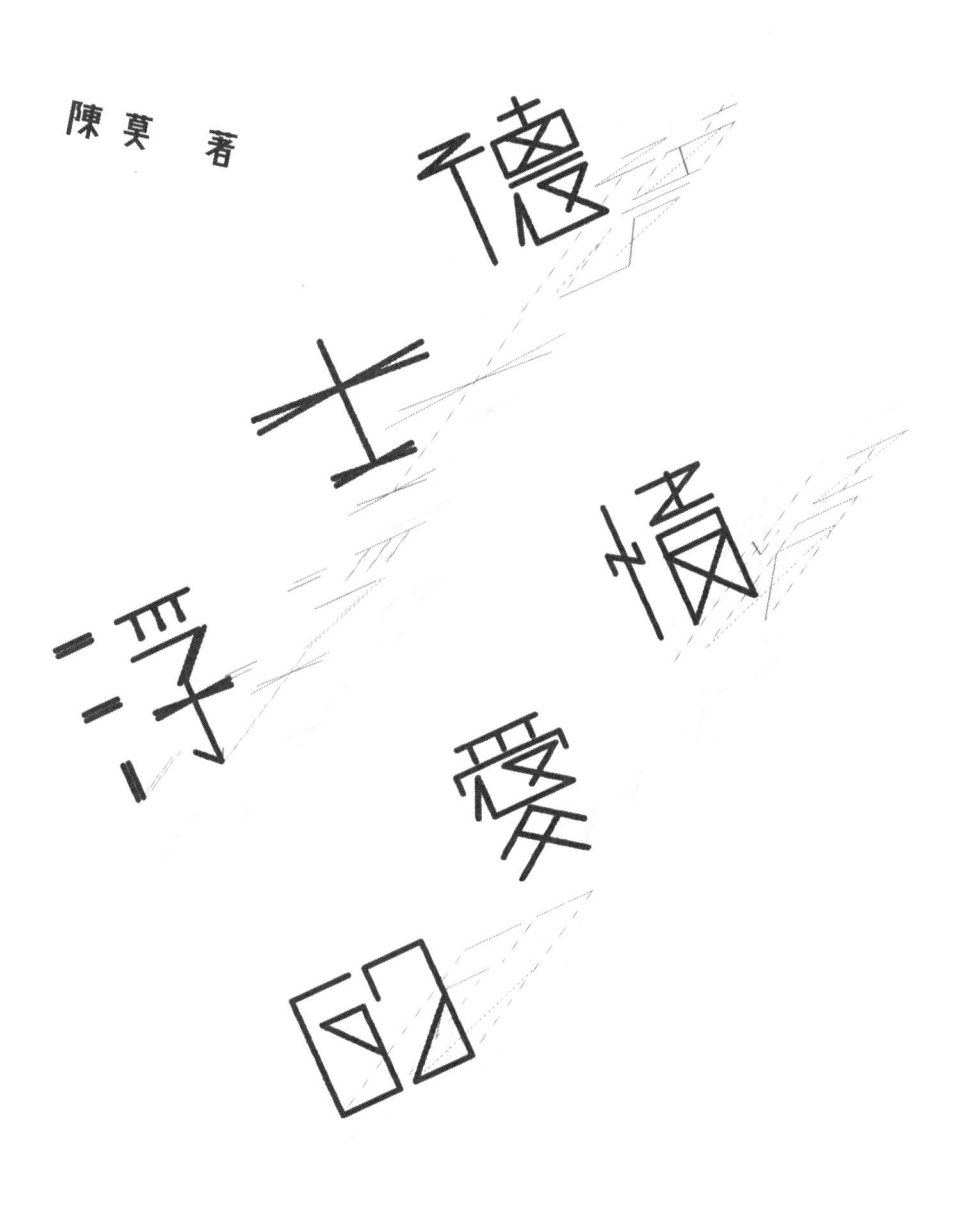

推薦序　揮動它吧！

【小說界的李洛克】版主　李洛克

我教過很多想學習寫作、出版、說故事的朋友，陳莫是最讓我驚豔的一個。

最早，他給我看他的作品一段節錄，我腦袋想的是，這樣的作品會對應哪些讀者呢？隱隱約約，我彷彿又看見了一個時不我與的孤高寫作者，不免暗暗擔心。

接著，他要出書了，搶先看完了這篇故事，我發自內心的第一想法是：「寫得真好、真好。」像這樣的故事，是需要時間才磨得出來的，故事中隱現一種作者掏挖過靈魂的痕跡。

他才幾歲啊！讀完他的作品會讓我忍不住回頭，檢查不是他這年紀應有的成熟。我相當喜歡他對於寫作細節的掌握與人物心境的意識流動，運用的熟稔常讓我忘了這是他的第一篇出版作品。

如果世界上真的有一個抽象的事物叫做「寫作真理」，是每個寫作者窮其一生探索的大智慧。我能肯定陳莫已經初窺門徑。當他在我讀完後，有點緊張地問我「真實的感受」。我只說了：「趕快寫下一本。」這句話好像讀不出褒貶，但我想說的其實是——不要浪費你現在最好的寫作時光，趁著寫作感充沛的時候，一口氣爬上去吧！

真的，這是我可以對一個新人作家所做的最大讚美。不要浪費你現在的狀態與繆思，它在這一刻銳利的像把劍，能颯爽割開所有人生之難。用你現在所有的氣力，揮動它吧！盡力揮動它吧！

已有數不盡教學經驗的我，教課前後仍會不停反思，我這樣的教法是好懂的嗎？我這樣的切入是實用的嗎？說實話，有時不免迷惘，有多少朋友真的能因我的分享而受益？

當陳莫確定出書後，在線上私訊對我說：「老師，謝謝你的課程。」其實，我才想握著他的手跟他說：「陳莫，謝謝你的認真。」是你掃走了我的迷惘。而我更想跟你坦白：你一直是個錐子，只是現在才自己翻進袋子，像你這樣的一個作家，今生註定不會沉默。

推薦序 那些想要認真去愛的，都像狗一樣被踢開了

風傳媒記者 謝孟穎

麻藥打進來的感覺，一開始是冷冰冰的，接下來刺刺像咬又像刮，我好痛，想呼救卻喊不出聲音，想掙扎卻使不上力。醫師說「放心，不會痛，很快就好了」，到底是什麼會好？好得了嗎？

二〇一六年的夏天，我聽到這樣求救的聲音，來自一個剛做完人工流產手術，也就是把小孩拿掉的女人。她被一個以為是男朋友的男人一次次強暴，男人射完就走，受精卵跟惡夢都著床了。

這不是第一個離開她的男人，可能是第15個吧，她也記不得了。

她以為自己的願望已經很簡單了，就是每天下班有人陪、醒來一起吃早餐，男人們想要的卻更簡單，只是夜裡的衝撞與射精。

一個跑掉了就找下一個，她夜裡總是滑著交友網站無法入眠，找到了也是交纏到無法入眠，隔天再撐著暈眩去上班，同事最常問她的一句話就是「還好嗎？」後來她只請了一天假去做手術，隔天又加班到夜間10點。

她希望我記住這些事，有一天替她寫，希望有相同經歷的人不會覺得孤單。但長達一年來我始終無法動

筆，甚至一想起她的事就無法正常進食，她瘦了，我也是。

這一年多來和她對話的過程裡，我一直在想：她到底做錯了什麼？

「我到底做錯了什麼」，這是人類碰上打擊時最常問的一句話，她始終搞不懂這題，我也一直在想。

我仍無法動筆寫下她的故事，讀了陳莫這本《浮士德的愛情》以後，卻突然懂了什麼。

只有20歲的陳莫，曾是《風傳媒》的熱情投稿讀者，當時仍是編輯的我，讀過幾篇以後覺得他的文字非常好，便邀他來當外發寫手。

每一次與陳莫合作，都能見到很深刻的人性觀察，他總能抓到生而為人的無奈與惡性，而這本小說亦是如此。我仍寫不出那個女人的無助，陳莫小說裡的女主角姜玉，道出她一部分的痛苦。

姜玉是在嘲笑裡長大的女孩子，從小自卑，多希望自己生得「嬌小柔弱、讓男人看了就不禁想保護」，而在22歲時，姜玉遇上此生第一個稱讚她漂亮的男人，李旭儀。

極度渴望愛的情況下，人類總會把示好的人當作全世界最完美的存在，姜玉也是。她完全無法停止陷入這段感情，然而對李旭儀來說，他想要的就只是盡情享受姜玉的豐腴肉體，然後射精。

如果姜玉的肩膀再細一些、骨架再小一些、臉的輪廓再標緻一些，他會不會願意真的在乎她除了床上以外的事情？也許會，他會因為她變得更漂亮而開始殷勤起來，開始跟她談談關於人生、關於一切，假裝正經的聊些正事。

那樣的女人會有人愛嗎？姜玉在床上忸怩作態的神情在他腦海裡浮現，但隨即又被她索問「你到底愛不愛我」這種智障問題時的可恨表情給沖散。媽的，怎麼可能啊？妳也不去照照鏡子。

陳莫透過李旭儀這些心內話，寫下了世界上最慘無人道的陷阱、屠殺、剝削。

以為是愛的，其實充滿算計，以為這個人可以天南地北地聊、共享靈魂的深度，他心裡卻想著：可惜了，妳的腰圍是34吋而不是22吋。他不愛妳，看不慣妳臀部肌膚不夠細緻、大腿肉太多、不懂化妝，卻也從來不說清楚，反正能用就好，他需要的東西再簡單不過了，就是射精。

愛情可以很簡單，簡單得只剩下射精，只是在這種不說穿的默契下，總有一方會被殺死，消失殆盡。

例如一段姜玉替李旭儀口交的文字，姜玉「看不見自己的樣子，已經越來越透明了」，李旭儀可以用愛的名義要求她做任何事，哪怕她的喉嚨已經塞不下也必須撐下去，因為他快射出來了，再一下就好了。

她不明白，她始終沒弄清楚，即使她涎著臉向他要求什麼真愛，他只會像看到路邊的野狗一樣把她一腳踢開。

一切默契終將因為一句「你愛我嗎」而破局，姜玉的對愛的索求踩線了。這讓我想起二〇一六年那個女人發生的事情，她曾經笑得甜蜜，問一個男人「我們這樣算男女朋友嗎」，男人瞬間回了「不是」，甩開她的手。

她當場在人來人往的捷運站大哭起來，男人不知所措。那一天以後，他們再也沒見過面。

我實在不知道這是誰的錯，那個女人到現在也總覺得是自己的錯，跟姜玉一樣。比起不能原諒那一具具疊在她身上的，或許她更不能原諒的是自己。她還沒壞掉，但我也不知道她還剩多少。

「愛上你有錯嗎？」就像太宰治撰寫的新編童話《喀嗤喀嗤山》裡，狸貓沉入湖底之前對兔子的這個問句，千萬人千百年來都在問。

稍微跟她提起姜玉的故事，她說，這世界上就是有無數個姜玉，深陷這種暴力而不自知，施暴者內心也有填不起來的洞，必須透過傷害來滿足。

被一腳踢開，是很痛的。這故事會抽乾你，看了只會想殺人，但我想或許這也不是壞事，至少想殺的不會是自己了。

那些想要認真去愛的，都像狗一樣被踢開了。難過得毀掉自己是一條路，聚在一起取暖也是一條路，儘管取暖不見得能解決痛苦，至少不會孤單。

所有被踢開的，或許都能被這個故事擁抱吧。

備註：那個女人的故事，經當事人同意後刊出。

目次

第一章 姜玉

許多年後，

當飛機降落在夏爾·戴高樂機場，

他會想起二十一歲那年遇見的女孩。

寬大的身架，

一頭俐落的短髮和寬闊的臉龐。

笑起來很甜，印在她白皙的皮膚上像漂浮在牛奶上的玫瑰……

過於淒涼與疏遠的城市裡，長年的陰天與細雨是它既定的印象。

李旭儀來自溫暖的南方。

他是星座之中最依賴定居的巨蟹，卻習於漂泊流浪，矛盾的性格內斂而不外露，一如他眼裡深邃的神祕。

他正是帶著自體的衝突而活著的男人。

年輕的臉孔卻有一雙彷彿歷經滄桑的雙眼。

住在體內的自己卻猖狂。

無視奼紫嫣紅的風景，卻對性愛有著本能的渴望。

第一次看見那個女孩，那種渴望便從身體裡很深的地方發出聲音，以至於他的喉頭乾渴，感到前所未有的衝動。

那個女孩叫做姜玉，是李旭儀在K大的學姐。

她沒有愛情小說裡常見的體格嬌小、面容姣好與氣質出眾，別說花容月貌，就是輕靈水秀也沾不上半邊。

一反常態地，她有著比一般人還有寬闊的骨架，因為如此，姜玉總是接受著異樣的眼光與嘲笑。

但是讓李旭儀為之心竅的，無非是包覆在壯碩於常人的軀體之外，無與倫比的皮膚。

姜玉的皮膚很白，像牛乳般的白，卻又不盡然這麼濃郁，又像月暈，可又並不那麼朦朧。

她的皮膚，大概介於牛奶與月光之間，介於真實與虛幻。

白皙的外表下，卻是突兀異常的骨幹，兩者之間合而為一的衝突感，無意間碰撞上李旭儀內在靈魂的矛盾。

當他一眼看見姜玉的時候，彷彿就認定了。

那不是一見鍾情就此幸福美滿的宿命召喚。

而是來自體內深處的欲求。

——他想深深佔有她。

在想的那一瞬間，李旭儀的腦海中已充滿種種憧憬的念頭，毫無遮掩地在褲襠內萌芽。

為了可以和姜玉搭上關係，他在腦海中無數次想像如何向姜玉搭訕，才不會顯得失禮而讓人卻步。

但最後他決定還是用他一貫的方式——直白到讓人近乎覺得冒犯的表態。

夜晚的K大，人群熙來攘往，下課的學生湧出校門口。

由於比鄰著商圈，成排閃爍著霓虹燈的建築物讓學校周圍顯得十分熱鬧。

李旭儀坐在人行道的椅子上，在人群中搜尋著他想找的人。

剛下過雨的路面蒸起雨的味道，偶爾樹葉上的雨滴滴落在他的頭髮、鼻尖上，沁起一股冰涼的觸感。

「到底在哪裡呢……」他自言自語。

一直到他苦苦等待的身影自人群中出現，他才睜大眼，匆匆起身朝她走上前去。

姜玉留著一頭再俐落不過的短髮。簡單得讓人覺得近乎單調。不過這樣的單調卻又恰如其分，也許是因為特別寬闊的骨架，再多些花樣的髮型都讓人覺得難以接受。

不知道她是不是這樣想的，總之，短髮是最適合她的髮型，沒有之一。

她穿著一件素面白色上衣，一襲碎花長裙。

沒有過於修飾的造型，因為上衣襯托出的線條顯得她異於常人的地方。

李旭儀小心翼翼地跟在姜玉後面，和她的步調保持一致。

他預備著向她搭訕的情緒，需要深長的呼吸做為準備，才能鼓起勇氣上前。

他捲了捲袖子，將襯衫理好，深深吐口氣，像吐菸似的，象徵性的做好決心的樣子，旋即走上前，拉近了他和姜玉的距離。

在此之前，李旭儀始終保持著遙遠的距離，觀察姜玉的一舉一動，如今她近在眼前，對他而言又是不一樣的感受。

在距離姜玉背後已三步距離的地方，他聞到空氣中散發著芬芳，那是薰衣草的花香味，來自姜玉身上。

那股女性特有的芬芳給他帶來了衝動的勇氣。

他清了清喉嚨：「學姊。」

姜玉似乎沒有聽見。

李旭儀提高了聲量：「學姊——。」

姜玉停下腳步，遲疑，回頭。

疑惑地看著他。

「有什麼事嗎？」

「沒事，」李旭儀對她投以微笑，笑容有些僵硬。

「我只是想跟妳說……」

「嗯？」

「我想說……我覺得妳很漂亮。」

姜玉乍聽之下笑了，彷彿看透李旭儀似地，用一種不可置信的眼神看著他。

「你是張偉峰叫來調侃我的吧？」

「張偉峰？」李旭儀不解。

「少裝了，你是他的誰？我沒有看過你。」姜玉打量著他。

「學姊，我想你誤會了。我是真心覺得妳很漂亮。」

「你真的不是張偉峰找來的？」姜玉問。

「我連他是誰都不知道了。」李旭儀擺了擺手。

「你是K大的？」

「我唸中文系。」

「難怪沒有看過你。」姜玉看向遠方，旋即將視線拉回李旭儀身上。

「不過你的審美觀是不是異於常人？」

李旭儀不知如何回應，他看著姜玉、姜玉看著他。

沉默過後兩人不約而同地笑了。

「我活了二十二年都還沒被告白過，不過你的告白方式也太老土了。」

「實不相瞞，我是走務實路線的，絕不拖泥帶水，直接切入主題。」

「中文系不是總愛來個風花雪月、命中注定、一見鍾情的調調嗎？」

「學姊不好意思，我是文學院中的異類。」李旭儀說。

「好不浪漫啊，你就這樣毀掉我人生中第一次的告白了。」姜玉做出懊惱的表情。嘴角溢出笑意。

李旭儀被姜玉這樣的模樣瞬間吸引住了。

他的體內此刻彷彿有股吸引力，召喚他推往姜玉的身上。

推往那團濃郁的薰衣草簇。

他努力克制自己的念頭。心跳卻不住砰砰直跳。

「不過，己所不欲勿施於人，還希望學姊不要毀了學弟的第一次告白。」李旭儀的眼中閃爍著狡黠的眼光，笑意盈盈地回應姜玉的調侃。

「在女生面前你需要懂得矜持，」姜玉的嘴角成一彎新月。

「想追我，得用時間。」語畢，姜玉的笑容旋即轉化意味深長的注視。

最後留給李旭儀一個瀟灑的轉身。

李旭儀愣愣看著姜玉的背影遠去。

她彷彿一步一步地煽動著他的慾望。

他嚥了嚥口水，一滴脫離樹葉的雨水滴落在他的鼻尖上。

咚——

雨滴冰涼的觸感提醒他內在的慾望有多麼強烈。

天尚未亮，李旭儀被屋外連夜的雨聲吵醒。

意識矇矓地望向空蕩蕩的房間，黑暗中，四周的景象漸漸清晰起來，等待意識完全甦醒，空虛的感覺卻立刻湧上思緒。

從夢境和現實世界接軌的縫隙中，一股漫無目的地虛無總是讓人覺得力不從心。

活著本身，就是一件力不從心的事情，並且沒有期限地反覆輪迴。

他伸向床頭櫃上的香菸，抽出一根點上。

靠著牆壁，徐徐地吐出煙霧。

醒了醒腦，他打開檯燈，從書架上拿出法蘭茲．卡夫卡的《審判》，隨意翻到一頁開始閱讀。

在文字的牽引之下，他的思緒飛騰，來到十八歲的那個午後。

柔和的陽光斜射進空蕩無人的教室。

夕照濃郁的顏色溢滿整個空間，溫暖的色調、舒服的溫度，短髮女孩的側臉，一切彷彿被命運安排好似的，舒服的令人難以置信。

成群的白鴿在空中盤旋，風從半開的窗戶吹進來，吹拂女孩的髮梢。

後來的後來，李旭儀已記不清楚細節。

大概的印象，最深刻的就是那個下午，女孩的側臉。

那是最完美的角度。

至於細節已經不太想得起來了。

就連女孩柔軟的身體，也只能在記憶中模糊的描繪。

時間對一個人的記憶所造成的影響，總是超乎想像。

清早，李旭儀坐在人行道的椅子上，注視著熙來攘往的人群。

手裡提著兩份早餐。

直到姜玉的身影出現在人群中，他才快步地跟上她的步伐。

「早安。」他倏地出現在姜玉身旁。

「你從哪冒出來的？」姜玉訝異地問。

「等妳很久了。」李旭儀提起手裡拿的兩份早餐。

「送早餐，下一步就是問我能不能跟你一起吃吧？」

姜玉笑了，說：「我們去涼亭那邊吃吧。」

他們一塊散步到涼亭裡，拿出早餐，一面吃一面天南地北地聊著。

就在聊到話題快要結束之際，姜玉突然開口：

「你是喜歡我哪一點啊？」姜玉咬下一口三明治，注視著李旭儀問道。

他停下手邊的動作，思索半晌，說：「其實我也說不清。」

「是一種直覺吧？」

「直覺？」姜玉問。

「從身體裡的某個地方呼之欲出的召喚。」李旭儀說。

姜玉睜大了眼：「不愧是文學院出來的，精蟲上腦可以講得這麼文雅。」

「嘿，學姊，講我精蟲上腦也未免太傷人了。」

「你們男人就是下半身思考的動物。」姜玉咀嚼著三明治。

「其實人，都是被情慾牽引著的動物啊。」

姜玉回應李旭儀的裝腔作勢：「少用佛洛伊德來合理化你用老二思考的這件事情。」

他被調侃得無話可說，同時覺得眼前的這個女人對他而言，充滿更多無法取代的吸引力。

「學姊。」

「嗯？」

「我真的很喜歡妳。」

空氣中一陣靜默。

姜玉低頭淺笑，思索，將髮絡繞在耳後，露出側邊雪白的後頸。

「我說了，我喜歡溫火慢燉。」她抬頭望向李旭儀：「你太直接了，我不習慣。」

「妳聽過一句成語嗎？」李旭儀說：「『飛蛾撲火』。如果我是那把火焰，說不定妳總有一天，會是隻飛蛾。」

第二章 初心

儘管他們之間只有一步之遙。
她仍要用非常小心的步伐朝他走去，她要獻上一個少女最珍貴的東西。
——初心。

週六晚上的捷運裡總是擠滿人潮。
因此，在周六晚上的車廂裡面，也充斥著許許多多複雜的氣味。
有食物的味道、女人的香水味、男人身上古龍水的味道、老人身上腐朽的味道。
所有的氣味混雜在密閉的空間裡，像是嗅覺五重奏，演奏著都市平日的景貌。
李旭儀一面看書，一面聽著音樂，在龍山寺站下了車。
他徐徐走出四號出口，往繁華城市裡的陰暗角落緩緩走去。
那裏充滿性愛與毒品、骯髒與錯亂、反叛與脫序，是這座繁華城市的爛瘡，也是身在此中的人安身立命的天堂。
李旭儀走進陰暗的街區，熟門熟路地邁進其中一條小暗巷，兩側不起眼的住戶，其中一間發出粉紅色的光，顯得異常突兀。

李旭儀在那家門口停下，敲了敲門。

門以一種極為緩慢的速度開啟，露出一隻眼睛。

「我是來按摩的。」李旭儀邊說邊揉了揉自己的肩膀，煞有其事地說著。

「是常客，請進。」

門後的女人扯著嘶啞的嗓子，將門打開讓李旭儀進去。

玄關旁邊設了一只木製鞋櫃，李旭儀將鞋子整齊擺放，換了一雙室內拖鞋進去。

客廳的粉紅色燈光顯得異常妖豔，彷彿高掛著象徵性愛的燈示，在這座呼籲掃黃淨城的城市中顯得囂張跋扈。

李旭儀坐在沙發上，拿起桌上的報紙隨意翻看。

女人倒了一杯茶，討好地摩娑李旭儀的大腿：「今天要哪一個？」

「棠芯今天在嗎？」李旭儀放下報紙問。

「在，不過得等一下。」

說著的時候，一個蓄滿鬍鬚的中年男子從裡面的走廊走進客廳。

李旭儀和女人點頭示意之後，起身向走廊走去，走前還不忘喝了口茶潤潤口。

「不用妳帶了，我知道是哪一間。」

李旭儀走進客廳後面的走廊，走廊的盡頭左邊有一扇門，那裏是形式上的房間，房間裡面有著和天花板一樣高的衣櫥，打開衣櫥，是一條可以通往地下的樓梯。

走下樓梯，是一排兩側都是房間的走廊，每間房間門口都嵌著一座燈，乍看之下像是來到不同的時空。

「一、二、三。」左側的第三排。

李旭儀轉開門把走進去。

房間裡的擺設很整齊，化妝櫃上擺著一束玫瑰塑料花，不像剛才這裡發生過什麼見不得人的交易。

他在床沿坐下，隨意翻玩放在床頭櫃上的裝飾品，一面哼著小曲。

浴室裡的水聲戛然而止。

棠芯光著身子走了出來，邊用浴巾將頭髮擰乾。

「你來了。」

「嗯，有點想妳。」李旭儀說得雲淡風輕，她笑了。

「甜言蜜語我聽多了。」

「我只是陳述事實。」

他起身站在棠芯身後，面對著鏡子。

「我幫妳吹頭髮吧。」李旭儀接過梳子，細心地梳著棠芯的長髮，濃郁的洗髮精香味撲鼻而來。

「等一下溫柔一點，上一個客人快把我操壞了。」

李旭儀抿嘴，繼續梳頭髮的動作：「我今天沒打算進去。」

「是嗎，花了錢不做，我是不會特別感激你的喔。」

「你只要享受就可以了。」李旭儀透過鏡子望著棠芯的臉。

淡淡的眉毛，圓睜的雙眼，那雙粉紅色的嘴唇似笑非笑，一張一閉之間都有著吸引人目光的魅力。

他沿著棠芯的臉龐往下看，她的鎖骨、她的乳房（上面小巧別緻的粉紅色突起）、平坦的小腹，一切都渾然天成的集合。

他放下吹風機，彎下身子，環過棠芯的肩膀，緊緊將她抱住。

鼻子和嘴唇在她頸後摩娑親吻。

「好香。」

「廢話……」棠芯的呼吸急促了起來，聲音漸漸變得柔軟。

比起粗暴的交合，李旭儀更習於密集的撫摸與親吻

兩人的舌頭糾纏成一條蠕動的蛇。

在彼此的身體地圖中，探索慾望的終點。

只有性，沒有愛。

對李旭儀而言，

愛太難理解。

將兩張千元鈔票遞了出去。

李旭儀走出大門，在映著粉紅色燈光的門口處點了根菸。

剛洗過的頭髮還未乾，帶著濃郁的洗髮精的味道，風一吹就覺得頭痛欲裂。

棠芯的舌頭在他嘴裡翻攪的觸感還停留在舌尖上，並未隨著香菸在嘴裡泛起的苦澀而褪去，反而有更加清晰的印象。

壓抑的心靈受到解放。

他對著深邃的夜空吞雲吐霧，對於生活，又重新恢復了動力。

星期六的早晨，難得的陽光混合著北海岸的濕氣，在一片涼意中舒展開來，天空像水洗過般蔚藍，捲捲白雲乘著緩慢的步調飄揚。

李旭儀穿著一身白色襯衫，搭上灰白相間的格子外套，卡其色長褲，一雙棕色皮鞋。

距離約定的時間還很早，他點上菸，坐在捷運站外的椅子上看沙林傑的《麥田捕手》。耳機裡的音樂播放著陳昇的《魔鬼的情詩》專輯裡的歌。

不知道過了多久，一雙腳映入眼簾。

抬頭，姜玉垂著短髮的臉蛋對著他微笑，逆光在她身上泛起了光暈。

她化了淡妝，白色襯衫，外面罩了一件黑色棉質罩衫，讓她突兀的身型取得平衡。碎花長裙，完美遮蓋住腿的線條，人竟顯得娉婷秀麗起來了。

「這麼早。」

「我習慣早到。」李旭儀將書收進後背包裡，順了順頭髮。

「你真是特別。」

「不讓人等待是一種美德。」

思忖了一下，他又補充道：「可是我也不喜歡等待。」

姜玉嘖聲道：「真矛盾。」

李旭儀笑了。

他們散步到西門町附近的二輪電影院。

電影院上還掛著帆布畫報，從上面斑駁的痕跡看來，應該放了不只一段時間了。

姜玉從包包裡拿出兩張電影票：「走吧。」

「你先買好了？多少錢？」

「不用了，這是我朋友臨時無法到場送我的。」

「這麼好？男的女的？」

姜玉白了一眼：「女生朋友。」

「嗯，這還差不多。」李旭儀點了點頭。

姜玉笑了：「神經病。」

等待電影放映的時間，電影院裡放著悠揚的爵士樂，身心已舒坦了起來，思緒的汙垢彷彿被洗淨，做好準備接受電影的洗禮。

「這間電影院好特別。」李旭儀說，望向姜玉的側臉，輪廓分明地線條像蜿蜒的海岸線，眉毛像一彎橋梁，髮梢之下露出頸後白皙的皮膚。

一切的事物都變得輕盈起來。

姜玉看向李旭儀，視線緊緊交集。

「其實，這是我第一次和男生看電影。」

她的臉頰上漾起笑容，笑容中有刻意掩藏的羞怯。

「以前都是一個人嗎？」李旭儀問。

姜玉點了點頭：「我喜歡一個人看電影。」

「我也是。」他們相視而笑。

李旭儀看著螢幕。腦海中突然想說些什麼，卻欲言又止。

他想順著這氣氛說些無傷大雅的情話，但是那只是謊言。

話到了喉頭，他挪了挪身子，沒有說出口。

電影開始了。

姜玉將身子移了移，李旭儀的手臂感受到她棉質罩衫的溫柔觸感。

當劉青雲望向病床上已無聲息的袁詠儀——他此生最愛的女人。

挑心的旋律響起，天人永隔，此去經年，十年生死兩茫茫，不思量，自是難忘。

結尾幾句話便為這場註定悲劇的愛情作結。

李旭儀心裡想著，這部電影好像是再也回不去的時代了。

如今都沒了，就像這個世界上再也不會有第二個張雨生。

姜玉擦了擦眼淚。望著李旭儀毫無表情的臉。

「你不會難過嗎？」

「我看過好多次了。」他說。

伸過手去撫了撫姜玉的肩膀。

「不哭了，還沒生離死別，不要浪費眼淚。」

姜玉聞言破涕而笑：「誰跟你生離死別。」

「也許有一天吧，誰都料不到明天。我們走吧。」

相偕步出老電影院，午後的陽光慵懶地攤在柏油路上，切割了陽光與陰影的地方。

他們盡可能地走在牆影裡，免受陽光的荼毒。

李旭儀讓姜玉走在內側，自己則時有時無地露在陽光底下。

午後的台北籠罩著一股昏昏欲睡的氣候。

李旭儀用力眨了眨眼睛，試著讓自己清醒，漫無目的地問著姜玉可有可無的問題。午後的時光像西班牙舞曲，充滿陶醉與隨興的節拍。

「妳喜歡看什麼樣的電影？」

「好看的電影都看。」她說。

「妳會追影展或真善美戲院的電影嗎？」李旭儀問。

姜玉搖了搖頭。

「覺得好看才會去看吧，不會特別去追。」姜玉低著頭，踢著路邊的小石子，似乎滿足於此刻的悠閒。

「喔。」

李旭儀覺得對話有些乾燥，質地粗糙地讓人覺得喉頭乾渴。

「對了，張偉峰是誰？」

姜玉看向他：「我們系上的一個男生。」

「是喔。」

「他很喜歡作弄妳？」李旭儀問。

「我沒辦法接受這種作弄。」

「嗯？」

「我從小就因為身材的關係備受嘲笑。他們總覺得沒什麼，『金剛』、『海克力斯』，他們覺得這樣很有趣，但是我很在意。」

「一群神經病。」李旭儀啧聲道。

姜玉回過頭去，踢著小石子，哼著旋律。

午後的風吹過她的頭髮，吹過李旭儀，迎來一股淡淡的薰衣草香。

在朦朧的午後，昏睡的意識像酒精在體內作祟。

讓人不自覺地陶然起來，不自覺地揚起微笑。

「妳去過薰衣草森林嗎？」李旭儀問。

姜玉搖了搖頭，嘴唇的輪廓有異樣的魅力，在朦朧的午後，看起來像等待摘採的蜜桃。

「怎麼了嗎？」

「那裡很美，在花季的時候，滿滿的薰衣草。」李旭儀望向天空。

「也許有一天我可以帶妳去。」

「真的？」姜玉的詢問帶著期待，期待的情緒裡小心翼翼地想要隱藏什麼。

她的生命中第一次遇見如此溫柔的男人。

儘管，她在李旭儀的直白中看不見真摯，那是很深邃的東西，也許很膚淺，也許一切只是她幻想出來的愛情。

她現在正朝他走去，不疾不徐地，儘管他尚未發覺，她正在走向他。

儘管他們之間只有一步之遙。

她仍要用非常小心的步伐朝他走去，她要獻上一個少女最珍貴的東西。

——初心。

第三章　隱欲

「溫柔到即使被傷害，也只會做無關痛癢的反擊。」

「所以你才敢接近她對不對？」棠芯問。

迷霧繚繞的森林中，濃霧漸漸地覆蓋住來路。

李旭儀望著滿山翳入天際的樹叢，天空的顏色也和霧一般，空白的讓人無法思索。

「李旭儀。」

一道聲音呼喚他。

他倉皇四顧，四周是伸手不見五指的迷霧。

那道聲音聽起來很熟悉，卻像是從很遙遠的地方傳來，充滿回音似的朦朧。

「這裡。」聲音在迷霧中，呼喚著他。

他不加思索地走去，沒有一絲猶豫。

他朝著那團迷霧中走去。

一步一步、一步一步地走向迷霧裡。

當李旭儀正想撥開什麼似的看清楚前方，卻腳下一輕，摔了一跤，跌落似乎非常深邃的洞穴裡頭。

他急忙地睜開眼睛，四周寂然無聲。

又來到那個朦朧的午後。

女孩背對著他。

短髮一如風吹過的草原隨風擺盪。

藍色百褶裙也隨風飄逸著。

他匆匆越過薰衣草原，在馥郁的花香中，急忙奔向她。

他想呼喚她的名字，卻如鯁在喉，說不出來。

他只有盡力追趕、拚命追趕。

他想傾盡全力回到她身旁。

她的背影啊，她，李旭儀的青春、李旭儀的單純、李旭儀的心，都在那裡，他要帶著滿身滄桑的身體回到美好單純的十八歲。

就快到了，他可以想見女孩回眸一盼的神情。

他想將她緊緊地抱在懷裡。

女孩回頭。

李旭儀夢寐以求的微笑。

日夜繫之於心的相逢，終於在此刻。

他想呼喊她的名字，他將奔赴她的懷裡。

李旭儀將女孩抱在懷裡，他魂牽夢縈的相擁。

「妳終於回到我身邊了。」

就在這個時候，他突然感到心口處一片濕涼。

李旭儀鬆開雙手，疑惑地看著女孩。

幸福的微笑轉為蒼白的、不可置信的臉。

女孩不動聲色地笑著看他。

他看著自己的心，流著汨汨鮮血。

鮮血汨汨地流出，流過他的悲傷、流過他的青春。

女孩臉上的眼淚突然潰堤成河，流過她的笑容，慘澹地不成人形。

「語臻——。」

李旭儀倏地從床上跳起來，感到胸口上那道巨大的疤痕熱得發燙。

房間裡的黑暗從四周襲來，卻異常地讓他感到安心。

是夢。

他抽出一根菸點上，揉了揉太陽穴。

隨後翻身下床，打開檯燈，在書的字裡行間之中，尋找相伴長夜的安定。

陽光柔和的早晨，姜玉捧著書本，徐徐走過教學樓的穿堂。

陽光從長形的氣密窗中斜射進來。

窗外的灌木植物，綠意早已不知不覺茂盛開來。

今天李旭儀早上沒有課，想必會睡到中午才起床。

姜玉拿出手機傳訊息給他。

她開始擁有叫他起床的權利。

心裡甜滋滋的，說不出的感覺，像台北早晨難得的陽光一樣美好。

突然有人從後面倏地撞了姜玉一下，回頭看，膚色黝黑的男孩咧嘴大笑，臉上有著稚氣的神情。

「早啊，海克力斯。我昨天才去電影院看『金剛』，妳演得真好。」

姜玉怒氣沖沖地瞪著他，希望他適可而止。

眼見姜玉生氣的神情，張偉峰越感到開心，嘴裡仍然嚷嚷：「萬獸之神發怒囉。」

姜玉感到生氣，正當她想對張偉峰大罵一頓的時候，卻想起了李旭儀。

在這世上，終於有一個人，不以外表看她、不以她的身體作為笑話。

想起李旭儀，姜玉的心底湧起一陣暖意。

她緩了緩身子，將書本整好，自顧自地走向教室。

張偉峰看姜玉一反常態，不追著他理論，反而自顧自地走了，「姜玉……」他還想追著她說些什麼，卻不知道能說些什麼。

——她還生氣什麼呢？

她和平常不一樣了。

望著姜玉漸漸遠走的背影，張偉峰有一股說不出來的感覺。

上課的鐘聲響起，長長的走廊上只有零星幾個學生，鐘聲乍聽下彷彿是巨大的轟鳴。

中午下課之後，姜玉和李旭儀約在校門口旁的餐廳吃飯。

為此，她早上的課有些漫不經心。

度過了漫長的早上，她踩著輕快的腳步走過K大的橄欖大道，在樹葉與陽光交織的陰影中哼著輕輕的歌曲。

等待姜玉的時刻，李旭儀坐在座位上，喝著開水，一面看著迷迭香在透明的水壺中搔首弄姿，輕輕地搖著水壺，好讓水壺中那條綠色的灌木植物像一條美麗的蛇在水中優游。

「在幹嘛？發呆呀。」姜玉輕輕拉開椅子，將書包褪下。

「我來好久了。」李旭儀說，為姜玉倒了杯水。

「你幾點來的？」

「11點半。」

「我們不是說好12點嗎？」

李旭儀不置可否地笑了，「點菜吧，我餓了。」

各自等待餐點的時候，李旭儀盯著迷迭香，問，「妳知道迷迭香的別稱嗎？」

「嗯？」

「迷迭香的拉丁語名稱是「來自海洋的露水」，很美吧？」

「你喜歡海嗎？」姜玉問。

「喜歡哦，海給我一種很自由的感覺。」

「可是我不喜歡，海讓我覺得很沒有安全感。」姜玉說，看著水壺中那來自海洋的植物，「好像時時刻刻都在變化著，永遠無法安定。」

李旭儀也看著迷迭香，在水中停止擺動的植物，彎曲地像數字七的形狀。

「我們不也是時時刻刻都在變化著嗎？」

「那並不一樣。」

「其實結果都是一樣的。」李旭儀。

姜玉看著他：「即使我們最終都會面對死亡，最終都會失去，但是只要認真地活在此時此刻，就算是浪費生命，也是一種享受。」

「就算受傷呢？」李旭儀問。

姜玉笑了：「那也是心甘情願吧。」

李旭儀看著姜玉，有股說不出來的感受。

「下個月是我的二十二歲生日。我想和你一起過，好嗎？」

李旭儀望著姜玉：「怎麼過？」

「我打算，那天晚上換班，然後我們一起去挑蛋糕，去菸酒行買瓶不太貴的紅酒，到我的公寓吃蛋糕、許願、喝到不省人事。」

「妳都想好了啊？」李旭儀說。

「我好想狠狠地喝酒，喝到昏天黑地的那種。」她想到張偉峰今天早上的玩笑。

「為什麼？」李旭儀問。

「我也說不上。」姜玉不打算說出這樁心事，搖了搖水壺，讓彎曲頹靡的植物，彷彿一下又有了生機。

吃完飯後，李旭儀陪著姜玉在K大散步，繞過文學院的古典式建築，午後的校園空蕩蕩地沒什麼人，只有微微的風吹在建築物裡引起的聲音，感到十分遙遠的聲音，在一陣風吹過後，又回歸寂寥。

姜玉看著文學院，在四周現代化的建築物中，彷彿陌生的異類。突然停下腳步來，問李旭儀：「如果要你用一句詩詞來追女生，你會說什麼？」

「我記的起的詩，大部分都是悲情的。」

「難道沒有那種讓女生聽了會覺得很浪漫的詩嗎？」姜玉問。

「也許有，不過生離死別的詩句比較動人。」

「例如呢？」她說。

李旭儀沉吟道：「十年生死兩茫茫，不思量，自難忘。」

「我知道，這是蘇軾寫的對不對？」

「嗯，是我很喜歡的一首詞。」

「我以為你會說：『兩情若是長久時，又豈在朝朝暮暮』。」她說。

「這太理想了。」李旭儀。

「也許真的有這樣的感情啊。」姜玉反駁道。

只見他搖了搖頭：「很多事情加上『也許』，都有不確定的因素存在。妳不是討厭不安定的感覺嗎？」

姜玉停下腳步，看著李旭儀：「如果是你，我願意。」

姜玉悄悄牽起李旭儀的手，文學院的古典建築看起來無比和諧，彷彿亙古不變的美好價值，在時間的流逝之中，保持不變的初衷。

張偉峰在兩人身後，看著李旭儀和姜玉牽著手在校園裡散步，午後的風吹來，讓他不禁有些發顫。目睹姜玉和一個素未蒙面的人牽手，張偉峰一整天都感到心口處堵著東西，呼吸困難，一吸一吐彷彿都針刺似的。

世界變得昏暗起來，生活彷彿失去重心，無法立足，他不知道還能以什麼樣的心態去接近姜玉。他的作為讓他感到自己既可悲又可笑。

下午上課的時候，班上的同學在張偉峰身旁竊竊私語。

「你知道嗎，我今天下午看到金剛和一個人牽手。」

「幹！真的假的？」

「聽說那個人是文學院的學弟。」

張偉峰睜大眼睛：「文學院？」

「對啊，那學弟好像叫李旭儀。」

「李旭儀。」張偉峰喃喃自語，那兩個字頓時成了他心底沉重的源頭。

張偉峰看著坐在前排座位的姜玉，今天的她看起來和平常不一樣，好像多了點什麼，她微微揚起的嘴角好像在宣告著某種勝利。

那種勝利感對他而言是種殘酷的傷害。

下午下課後，張偉峰拎著包包趕上姜玉。

「姜玉！等等。」

姜玉回頭，看到是張偉峰，面無表情地說：「今天是什麼好日子，不叫我『金剛』了。」

「這不是重點。」他說。

「你想幹嘛？」

「李旭儀是誰？」張偉峰問。

「你怎麼知道他？」

「你別管我知不知道，李旭儀是誰？」

張偉峰莫名其妙的質問，讓姜玉感到備受侮辱。

「你是我的誰？我有必要跟你告知嗎？」

「姜玉……」

「莫名其妙。」言畢，姜玉轉身離去。

「姜玉！」張偉峰跑上前拉住姜玉的手。

「你到底要幹嘛？」她努力掙脫張偉峰的手。

兩人的舉動引來旁人頻頻注目，平日愛面子的張偉峰再也顧不得一切，大聲地坦白自己的心意：

「妳難道不知道我喜歡妳嗎？」

四周一瞬間安靜了下來。

姜玉先是微微一愣，接著搖搖頭，似笑非笑。

她沒辦法接受這樣的玩笑。非常厭惡。

「請你不要再開這種殘忍的玩笑了。」言畢，姜玉快步離去。

「姜玉……」他想再解釋，卻留不住她。

下午的鐘聲響起，揚長的走廊上，顯得異常安靜。

粉紅色燈光的房子一如以往座落陰暗的巷弄裡。

地下室的小房間，李旭儀才剛和棠芯經過一番折騰。

他用濕毛巾和衛生紙擦拭身體，將用過的保險套和衛生紙一併丟入垃圾桶內。

坐在床沿，抽出一根萬寶路香菸，打火機的火光映照在他遍布汗珠的臉龐。

棠芯越過他的身子，也要了一支菸來抽，她的乳房貼在李旭儀的手臂上，像春天裡窗戶旁的水床。

李旭儀伸出手，溫柔地捏著那塊肉。

「為什麼這個這麼吸引人呢？」他笑著說，一面抽著菸。

棠芯輕拍掉李旭儀的手：「不要亂玩。」

她靠在李旭儀身上，摸著他胸口上那道顯眼的疤痕。

「這種感覺不太舒服。」李旭儀說。

「不要摸了。」

「是嗎。」棠芯收手，躺回自己的位置自顧自地抽菸。

李旭儀看了她一眼：「今天姜玉牽了我的手。」

「是嗎？她喜歡上你了。」

「我有點不知該如何是好。」李旭儀說。

棠芯環住他的脖子：「你害怕？」

「我對她只有那方面的感覺，妳知道，我不會輕易愛上人的。」

「你應該跟她說清楚。」她說。

「這樣會不會傷害到她啊？」李旭儀。

棠芯摩娑著他的頭髮：「早點停下來，對你們兩個都是好事。除非她是個開放的女人，也許會接受也說不定。」

「我想我應該一開始就說清楚的。」

「怎麼說？和一個陌生人說我想和你做愛？」

李旭儀笑了：「也許我的意圖要強烈一些。」

他們沉默了幾秒，棠芯在他身子裡靜靜依偎著，裸裎相對的身體緊緊貼合，有著異常的觸感，卻讓人格外安心。

李旭儀抽著菸，閃爍的火光忽明忽滅，他聽見棠芯細細的喘息聲。

「不過，她真的是個很特別的女人。」

「我第一次看到她的時候，就有一種很奇妙的感覺。那種感覺說不上強烈，就好像在某些地方，看到某些場景，你會有種：咦？我是不是曾經來過這個地方，那樣的感覺。我看到姜玉的時候，也是這種感覺。」

「她真的很特別，怎麼會有五官好看，骨架卻這麼大的人呢。妳覺得老天是不是開了她一個玩笑？」

「喂，妳有在聽嗎？」

「嗯，你繼續講。」棠芯說。

「每次看到她，我就會有股想衝上去親她的衝動，或是親吻她身體的任何一個部位，她的皮膚很白、很白。像牛奶一樣。老天肯定開了一個天大的玩笑，讓她的不完美在旁人的眼光中被放大，於是她的美好就被忽略了。她是個很溫柔的人，」李旭儀吸了一口菸，接著說：

「溫柔到即使被傷害，也只會做無關痛癢的反擊。」

「所以你才敢接近她對不對？」棠芯問。

「什麼？」

李旭儀看向棠芯，她躺在他懷裡仰視的眼神突然變得鋒利。

「即使你傷害她，她也只會默默忍受。」

「我想我不是這樣的人。」李旭儀說。

「是嗎。」棠芯從李旭儀的懷裡起身，坐向梳妝台前綁起散亂的頭髮。

「我該走了。」

李旭儀穿起褲子，從皮包裡拿出兩張鈔票，放在床旁邊的几上。

棠芯坐在梳妝台前整理頭髮，似乎沒聽見李旭儀的話，自顧自地看著鏡子：「就算你心碎了，也沒必要讓別人和你一樣。」

李旭儀沒有說話。

拿起掛在椅背上的外套，悄悄關上門離開。

第四章　撲火

姜玉似乎看見了李旭儀眼裡的閃爍，不過一閃即逝，隨即黯淡無光。

「也許心碎是認識這個世界的最佳途徑吧。」李旭儀說。

星期天，台北的早晨下了一場大雨。

張偉峰拉開房間的窗簾，遠方的山上山嵐正濃，大雨白花花地刷在窗玻璃上，城市的輪廓變得模糊起來，連帶著氣溫也跟著變冷，他想起了姜玉，不禁感到沉重。

第一次看到姜玉的時候，張偉峰覺得這個女孩很特別。

有一種說不上來的感覺在他心中盪漾，可是卻一直找不到任何機會和姜玉說話。

姜玉很安靜，總是坐在班上的角落聽課，很少看見她出席班上的活動。

久而久之，開始有人開始開她的玩笑。

他和姜玉的接觸，也是從那個時候開始的。

只有在他惡作劇的時候，姜玉才會注意到他。

第一次和她四目相對的時候，正是張偉峰鼓起勇氣開姜玉的玩笑，她回頭瞪他的時候。

那也許是一種癮，到最後，對姜玉的惡作劇和她的反應成了張偉峰生活中不可或缺的一部分。

他從來沒想過這樣會傷害到姜玉，他以為這是他們之間拉近距離最好的方法，沒想到卻讓彼此形同陌路。

張偉峰把窗簾拉上，將放在房間的音響打開，放進 Bee Gees 樂團的唱片。

他躺在床上，看著白色的天花板，空無一物的白色，音響的聲音在房間裡，鼓譟著任何不安定的情緒，只剩下尾隨樂音飄揚的刻意振奮，與沉重的心情互相拉扯，在張偉峰閉上眼睛的時刻，姜玉的臉浮現在天花板上，無論是任何角度的任何表情，都讓他的心情和房間裡的歌聲感到格格不入。

他需要的是一首讓人心碎的情歌。

這種感覺似曾相似，張偉峰想起八歲的時候，媽媽和爸爸吵著離婚的那個夜晚。

他們吵得很兇，打破了幾片玻璃，碎裂的玻璃碎片刺在他的腳上，刺穿的傷口血流如注，可是沒有換來誰的關心，沒有人注意到他，吵架的聲音在張偉峰的耳中像世界末日的喪歌。

那一晚，喝醉酒的爸爸吵完架後躺在床上先是不省人事，媽媽看著他受傷的腳，帶他進浴室洗澡，洗沒多久，房間裡傳來不小的動靜，他依稀記得媽媽衝進房間的身影，他光著身子躡手躡腳步出了浴室，在走廊上偷偷地觀望房間裡的一切，在透著微弱的燈光中，他看見父親正準備上吊，被媽媽適時制止。

那一晚，媽媽是真的離開家裡了。

他忘記為什麼她沒有帶著他走，也許她有講過，只是張偉峰拒絕了，也許她沒有講過，可是張偉峰害怕未知的生活。

從那個時候開始，張偉峰就是孤單的一個人了。

他的生活除了在學校以外，每天在家裡面對喝酒的父親，有時候成為出氣筒，其餘的日子，都孤單得讓人發慌。

他只能不斷地融入一個又一個圈子，在朋友之中得到依賴、以及發洩，儘管都是他沒辦法真心喜歡的人，但唯有如此，他才能不孤獨地活下去。

久而久之，他變成一個真正孤單的人，活在歡樂之中，卻醒在孤獨裡頭。

手機時間七點三十五分。

李旭儀在床上掙扎了一會兒，下定決心似的從床上拉起慵懶的身體。

窗外正下著大雨，原本不通風的房間變得潮濕起來。

他走出房間，在頂樓加蓋的陽台上看著白花花的大雨抽菸。

今天是個特別的日子，面對鏡子刷牙的時候，他盯著鏡子裡的自己，將頭髮往右邊一撥，被蓋住的割線在鏡子裡像一條涇渭分明的河，像被掩藏著的傷口，一道無法縫合的裂縫。

他漱了漱口，擦乾的手抹上髮油，鉅細靡遺的將頭髮往斜後方梳理，割線越趨分明，形成一道清晰易見的縫。

梳好頭髮，換上一件淡藍色的白斑點襯衫、深色牛仔褲和拖鞋，看著不停歇的大雨，點根菸，撐傘，走進在滂沱的雨中。

台北是座陰鬱的城市，他常常無法想像為什麼會有這麼多人想在這座城市生活，台北幾乎沒有晴天，有陽光的日子實屬難得，而灰色的天空是家常便飯。

所以這座城市才需要這麼多高樓大廈來遮掩人們的不安吧？

踩在被雨水濺濕的拖鞋，發出波滋波滋的聲音，李旭儀來到一間蛋糕店，選了姜玉喜歡吃的重乳酪蛋糕，並向店員要了數字「二十二」的蠟燭。

他可以不用這麼早買的，只是鄰近百貨公司的這間蛋糕店，常常不到下午就賣完了。

他拎著蛋糕，邊撐傘邊哼著小曲，去找姜玉之前，需要買束漂亮的玫瑰，並且需要將玫瑰花的尖刺剔除乾淨。

姜玉上完最後一堂課的時間在下午五點。

在此之前，李旭儀打算在咖啡廳裡寫稿，他很少跟家裡拿錢，收入來源來自一本接著一本沒什麼營養的言情小說，他也渴望寫些透漏社會訊息的書，或者寫些可以呼籲這個時代的小說，誰不想當沙林傑或海明威？只是未必人人都有這個本錢。即使他想在廉價的言情小說裡寫些對於政治的看法或是帶有暗示性的嘲諷，都會被編輯以「主題不正確」或者「過於冗贅」為由而被迫修改。

他需要的是時間，而等待是條漫長且孤獨的路，他相信只要有一天累積足夠的能量，一定能夠寫部偉大的作品，而不是只能寫出提供已過青春年華的女人過過乾癮的言情毒藥。

下午四點二十分，李旭儀拎著蛋糕和一束鮮紅的玫瑰花坐在校門口前的漢堡店，才剛坐下沒多久，他就遠遠看到姜玉出現在校門口，提著手機正在打電話，他的手機剛好響起來，這和他們約定的時間早了十分鐘。

「你到了嗎？」姜玉的聲音聽起來很高興。

「我在漢堡店這裡。」

姜玉看向漢堡店的方向，透過玻璃看見了李旭儀，她振奮地朝他揮手。

他們到K大附近的洋酒行挑選紅酒，姜玉抱著李旭儀送的玫瑰花，騰出一隻手來，緊緊扣住李旭儀的手。

她挑了一只一千多塊的Jorio。

姜玉在抱著鮮花與紅酒、拎著蛋糕之際仍然牽著李旭儀的手，好像不肯分開似的。

她想帶他到那個她想和他分享的世界，在前往那個世界之前，她需要仔細將他看守住，害怕他一不經意就消失在她的視野之中，這座陰鬱的城市此刻在前往桃花源的路上，彷彿充滿著未知的變數。

她緊緊牽著李旭儀的手，好確保無虞的幸福。

回到公寓時，天色已經暗了。

在陰暗潮濕的樓梯間裡，李旭儀聞到姜玉身上的香味時近時遠。

樓梯間亮起黃色的燈光，李旭儀可以想見燈絲的熾熱，在燈泡裡像焚身的飛蛾。

才剛停歇的雨又開始嘩啦啦地下起，外頭是濕冷的雨夜，李旭儀和姜玉在擁擠潮濕的樓梯間裡彼此嗅聞身上的氣息，他們都在彼此試探，等待成熟的時機。

姜玉拿出鑰匙開門，李旭儀尾隨進入屋內。

姜玉的房間很特別，用木門作為隔間，玄關處放置著木製鞋櫃，鋪上木質地板，客廳鋪著榻榻米，中間有一張小茶几，放著幾本雜誌和一本瓊瑤的愛情小說。

沒有開燈的屋裡，十分朦朧曖昧。

「不開燈嗎？」李旭儀問，一面脫下鞋子，放進鞋櫃裡。

姜玉搖搖頭：「這樣比較有氣氛啊。」

李旭儀不置可否，將蛋糕和紅酒放在桌上，並將裝蛋糕的紙盒拆開來，慢條斯理地分著紙盤和塑膠叉子。

「我去拿杯子。」姜玉雀躍地奔去廚房，她突然感覺有股和他共組家庭的溫暖。

細細的雨聲在黑暗的房間裡格外響亮。

李旭儀點起數字「二十二」的蠟燭，渺小的火光照在他的臉上。

姜玉將紅酒打開，倒在玻璃杯中。

蠟燭微弱的火炬，映照在他們彼此的臉上。

聽著外頭細細的雨聲，李旭儀從姜玉映照燭光的臉龐上，獲得一股得到歇息的安慰。

姜玉看著李旭儀，外頭細細的雨聲，讓她感到安心，她已將他從漫天大雨中逃脫，李旭儀終於來到她的桃花源。

「姜玉，妳要開始許願了嗎？」他問。

她朝著李旭儀微笑，閉上眼睛，雙手成禱告狀抵住額頭，嘴唇翳動，說著李旭儀聽不見的願望。

「好了。」她說。

「要吹蠟燭？」李旭儀問。

姜玉搖搖頭，「我不希望蠟燭熄了。」

「那我就切旁邊吧。」李旭儀說，小心翼翼地切蛋糕。

他們互相敬了對方一杯酒。

「生日快樂。」李旭儀說

姜玉一口氣將酒乾了，白皙的臉龐透出兩團暈紅。

她用手背拭去嘴角殘餘的酒，往空無一物的高腳杯添酒。

「好久沒有這樣盡興的喝紅酒了。」

李旭儀輕輕抿了一口，搖了搖杯子：「還是習慣喝啤酒。」

「我剛剛是錯誤示範。」姜玉吐了吐舌頭，「紅酒要先搖一搖，慢慢品嘗，你會發現紅酒的好。」

「我比較喜歡姜玉剛剛那種一口氣乾杯的作風哦。」李旭儀說，「這樣簡直大快人心。」

「我只會在累積很久很久之後才這樣做。」

「妳是個溫柔的人。」李旭儀笑了。

姜玉看著他，嘴角漸漸收起，用一種似笑非笑，卻莫名專注的神情：「李旭儀，謝謝你。」

「嗯？」他愣了一下。

姜玉靠在牆上，低著頭像是告解的說道：「我從小就對自己很自卑。我也想當個小女人哦，嬌小柔弱地讓男人看了就不禁想要保護，那種感覺一定很安心吧。我也曾經很痛恨我媽，把我生成這個樣子。可是我很愛她。雖說痛恨，也不過是一閃即逝的念頭而已。」

「李旭儀，你是這世界上第一個說我很漂亮的人。謝謝你。」她誠心地說。

「我是說實話哦。」李旭儀說，將剩餘的酒一飲而盡，熱烘烘的感覺從全身上下流竄，在臉頰處集中成一股熱氣，呼之欲出。

剎那間有股錯覺，微弱燭光中的燭蕊似乎熾熱地在召喚著他。

李旭儀眨了眨眼，將自己的專注放在姜玉身上。

姜玉看著李旭儀的眼睛，他的眼底深邃地像能把所有東西吸收進去的黑洞，瞳孔中燭光映照的圓點，像她滿腔尚未訴諸的情感，是她熱烈的心，正被李旭儀如黑洞一般的雙眼吸收進去。

「聊聊你自己，好嗎？」姜玉說。

李旭儀思忖了半晌，看著天花板若有所思地說：「我曾經很愛過一個女孩。我和她共度了美好的兩年。我曾經以為她會在我的生命中從此定居，我們會在一起一輩子。為了她，我計畫了好多好多事情，我們約定好，總有一天一定要一起到澳洲的烏魯魯山，那裡是世界的中心。如果可以在那裡牽著手，喊著彼此的名字，互許終生，一定是件很美好的事吧？」

姜玉似乎看見了李旭儀眼裡的閃爍，不過一閃即逝，隨即黯淡無光。

「也許心碎是認識這個世界的最佳途徑吧。」李旭儀說。

他莫名的傷感讓姜玉感到嫉妒，但她沒有表現出來，也無法表現出來。她突然像被操縱似的搖著杯子，定定的看著杯裡的水平面忽左忽右的傾斜。

「這樣有什麼不好，我連被愛的感覺是什麼都沒有過。我想被佔有，或是擁有佔有一個人的權利。」

「感情不是佔有，姜玉，感情是一種接受。」李旭儀說。

姜玉將剩下的酒一乾而盡，一滴也不剩。

她在他面前緩緩解開鈕扣，慢慢地褪去了上衣。

裸著上身正襟危坐地望著李旭儀，像要進行一場莊嚴的儀式。

「你願意接受我嗎？」姜玉鄭重其事地問他。

李旭儀慢慢欺身過去，姜玉身上的氣息和柔軟的身體讓他想肆意發洩情慾，但是他想起棠芯的話。

他鬆開手，姜玉感到有些意外。

李旭儀突然想向她坦白，他並不愛她，他只是想和她做愛。

只是這麼簡單而已，但是他卻說不出口。

姜玉卻迎上身去吻向李旭儀，她摩娑著他的頭髮、他堅實的背，用舌尖探求他的慾望。

李旭儀受到刺激，適才的退卻抵擋不了情慾的作祟。

「把我抱緊一點。」姜玉緊緊抱著他。

李旭儀回應的力道讓她感到些微痛楚，痛楚中卻有種幸福的感覺。

她渴望被人這樣緊緊地擁抱住，她渴望被在乎、渴望被占有。

李旭儀吻著她身上敏感的地方，溫柔地刺激著，酥軟的感覺從她腦後綻發，最脆弱的地方被撕裂，劇痛，旋即轉變成一種異樣的快感。

他胸口上那道顯眼的疤痕引起她的好奇。

但她已無從多想，只能任由擺佈。

第五章　徬徨

夜深了，張偉峰的聲音打破了沉默。

「兩情若是長久時，又豈在朝朝暮暮。姜玉，我會等妳。」

清早，雨停了，陽光從窗戶斜射進來，姜玉眨了眨眼，感到渾身腰酸背痛，她伸了伸懶腰起床，李旭儀不在身旁，她感到有些惆悵。

看了看被子底下赤裸的身體，昨晚的記憶一股腦湧上來，不禁有些難為情。

拉開房門，客廳的小桌子上有一份早餐，李旭儀留了一張紙條，說出版社有事情必須先走，三明治和紅茶，叮嚀姜玉記得吃完再去上課。

她微微一笑，將頭髮往耳後梳理，回房間翻了翻被子，昨晚留下來的漬痕已成乾褐色，李旭儀的則是淺淺地已成硬狀的質地，她不禁將棉被往鼻子裡嗅，試圖嗅聞李旭儀的味道，那是來自李旭儀體內的氣息，她為自己的舉動感到難為情，卻又感到興奮，那種異樣的感覺滋潤了她的身體。

像踩在多雨的季節裡早晨陽光照耀著的草地，青草的味道從土地蒸發出來，底下濕濕黏黏的感覺讓人熱汗直流。

吃完早餐後，姜玉將被子洗過，晾在公寓的頂樓上。

她在頂樓駐足，看著這座城市的建築，遠方的淡水河綿延在兩岸之間，她的心也一下子隨著河流，不知道漂到哪裡去了。

「李旭儀。」姜玉誦唸著愛人的名字，好像這樣唸著他的名字就可以一直走到永遠。

她輕輕撫摸自己的手臂，想像李旭儀的嘴唇吸吮過的每個地方，毛細孔上的汗水像唾沫一般，收緊她的每一吋肌膚，每一吋肌膚都有李旭儀留下的痕跡。

十點的課，已經過去了半小時。

張偉峰不時看向姜玉的位子。以往她是全班最早到的人，今天她的位子卻空著。

他在心裡想像著各種姜玉遲到的原因，教授在講台上講解的理論變得無足輕重，他坐在教室裡竟如熱鍋上的螞蟻般坐立難安。

這時候，教室後面的門被打開了，姜玉難為情地面對同學投射而來好奇的眼光，在眾人注目之下迅速入座。

張偉峰看著姜玉，一顆懸著的心終於有了著落。

他在心裡搬演著成千上百向姜玉道歉的方式，姜玉的影子充斥在他的腦海裡，他的心裡。

一間偌大的教室，突然變成他心底的世界，投射著姜玉的一舉一動。

下課後，張偉峰站起身，面向姜玉的座位，一步、一步走到她的座位前，他緊緊捏著手，怦然的心跳讓他感到急促。

姜玉冷冷地看著他。

張偉峰的舉動吸引了不少注目。

「姜玉，」張偉峰突然彎下腰，對著姜玉深深一鞠躬：「對不起！」

姜玉突然不知所措，不知道該說些什麼，可她卻又不想這麼輕易就說了原諒，這樣顯得輕浮。

張偉峰見姜玉沒有反應，再次鞠躬一次：「對不起，我不應該開這樣的玩笑，請你原諒我。」

她望著周圍，難為情地說：「起來吧。大家都是同學一場，我一直都希望能夠好好相處。」

言畢，姜玉匆匆收拾書本，拎起背包離開。

她深深呼了一口氣，快步離開教室。

張偉峰的注目讓她有如芒刺在背，她還是沒辦法立刻去原諒一個她曾經厭惡的人。

姜玉殷切的希望此刻李旭儀就在身旁。

此刻張偉峰望著姜玉離去的身影，有種如釋重負的感覺，他自信地感到他和姜玉之間的距離，又近了一些。

晚上姜玉下班後，關上餐廳的燈，將餐館的門鎖上，她背對著餐館外的馬路，不禁暗暗心想，李旭儀會不會正躲在某個地方等她下班。

她一面走向捷運站，一面期待李旭儀會在某個街角突然出現，給她一個意想不到的驚喜。

但是事與願違，等待她的只有夜晚的車潮與一間間正打烊的店，還有在夜色中閃爍著的霓虹。

她拿起手機撥給李旭儀，等了許久，語音信箱的聲音讓她感到焦慮，她又撥了一通，沒有人接，電話自動轉入語音信箱。

姜玉沮喪地放下手機，卻看見通訊軟體傳來一通陌生訊息。

姜玉打開一看，是張偉峰傳來的。

「嗨。」

姜玉關掉手機，等待板南線的捷運。

看著身邊的一對情侶從她身旁經過，女孩緊緊依偎在男孩身上，她突然覺得眼紅，又不甘心地拿起手機打給李旭儀。

當語音信箱的聲音再度刺耳且冰冷地傳入耳中的時候，她的心情又更加凝重了。

這時候手機震動了一下，姜玉欣喜若狂地打開手機。

是張偉峰。

「在嗎？」

她幾乎不想理會他。

但看著張偉峰連續傳來的訊息，良久，她還是軟下心來。

「嗯，怎麼了？」姜玉回傳。

「沒有，就想和妳聊聊天。」

「喔，聊什麼？」

「其實我也不知道，為了傳這封訊息我猶豫了很久。還會怕妳不理我，現在妳理我了，我卻反倒不知道該說什麼了。」

「其實我一直很想跟妳說聲抱歉，我不是故意的。」

張偉峰說：「其實，」

「第一次看見妳，我就覺得很特別。」

「可是，」

「我不知道要怎麼接近妳。」

「後來看他們開妳玩笑，妳多多少少都會有些反應，」

「所以，我就開始逗妳了。」

「你知道這樣很幼稚嗎？」姜玉說。

「我知道，我錯了。」

「你也知道。」姜玉。

「真希望我們可以回到第一次見面。說不定妳不會對我有這麼不好的印象。」

姜玉看著坐在對面的情侶。

捷運在台北車站靠站，距離姜玉的公寓還有三站。

許許多多的人下車，又有許許多多的人上車。

她突然不知道為什麼而釋懷。

也許這並不是張偉峰的錯。

「張偉峰同學你好，我是姜玉，初次見面，多多指教。」

張偉峰看見姜玉傳的簡訊，幾乎不可思議，笑的合不攏嘴：

「姜玉同學你好，我是張偉峰，初次見面，多多包涵。」

「這樣算是重回第一次見面了。」姜玉說。

「那妳的興趣是什麼？」

「聽歌吧。」

「我也喜歡聽歌。」張偉峰說。

「你喜歡聽誰的歌？」姜玉問。

「貓王、披頭四、或Bee Gees樂團。」

「你聽過李宗盛嗎？」

「唱〈愛如潮水〉的那個嗎。」張偉峰說。

「不是，但那首歌是他寫給張信哲的。」姜玉。

「妳喜歡聽李宗盛的歌？」

「我喜歡他的聲音，有一種迷人的滄桑。」

「沒想到妳竟然喜歡聽老歌。」張偉峰不可置信。

「我只是在乎有感情的東西。」姜玉。

「除了他的歌聲很有味道之外，我喜歡的是他的歌詞裡所表達的意境。」

「那他幫莫文蔚寫的歌，你應該有聽過吧？」姜玉問。

「莫文蔚？」

「那首歌叫〈寂寞的戀人啊〉。」她說。

「沒有，但是我會找時間去聽。」

捷運到了姜玉要下車的地方。姜玉拎起背包，站在門前，稍停的捷運讓姜玉有些站立不定。

「我要出捷運了。」

「晚安，有空再聊。」張偉峰說。

從捷運回到公寓的路上，姜玉又試圖給李旭儀撥電話，可是好像一種確定的預感似的，他依然沒有接電話，語音信箱冰冷的聲音再度讓姜玉感到不適。

她打了封簡訊：你在哪裡？不接電話，讓我很擔心。

按下傳送，不知道李旭儀在哪裡，又在幹嘛，一天的時間，昨天還抱著自己的人，今天就消失無蹤了。

念及此，她的心情一下子盪到谷底。

回到租屋處，姜玉打開公寓的大門，迴旋直上的樓梯讓人感到沉悶，李旭儀整個的人和聲音，就像一道咒語，緊緊纏住姜玉的思緒。

每踏上一道階梯，她就想起李旭儀一次，每呼吸一次，她就想起李旭儀一次，沒有來由的，姜玉開始臆測李旭儀沒有接電話也沒有回訊息的原因。

也許他在忙，手機沒帶上身上。

李旭儀。會不會手機掉了？

李旭儀。她想起今天看到的新聞，在南京東路上，一個二十歲的少年被酒駕撞死，當場身亡。

李旭儀，會不會？不會的，別亂想。

李旭儀，李旭儀，李旭儀李旭儀李旭儀。

姜玉看著樓梯間那盞昏黃的燈，像一顆即將殞落的行星，正一步步朝她而來，將她輾壓在巨大浩瀚的宇宙之中，沒有座標軸的世界裡。

如果她就這樣消失在這個世界上了，李旭儀會不會走遍世界尋找她的足跡？

也許李旭儀也消失了。如果李旭儀消失了，她也一起消失吧，這樣兩個消失的靈魂，就有可能在虛無中相遇。

她好想看見李旭儀的臉龐，好想聽見李旭儀的聲音。

此刻，她才終於發覺，人與人之間的聯繫竟如此脆弱，當兩個端點不再處於相同的頻率，曾經緊密的相依瞬息變得陌生疏離，在巨大的網絡之中成為彼此互不相連的個體。

她將鞋子和背包隨意丟在玄關，一股腦躺在客廳的榻榻米上，撥了好幾通電話給李旭儀，換來了千篇一律的語音信箱，她打開臉書，傳訊息給李旭儀，李旭儀不在線上。

姜玉看著他的大頭貼，那張俊俏的臉上，兩隻眼睛深邃地像神祕的洞窟，裡頭藏掩著不可告人的祕密，又或者，覆蓋著許多滄桑的歷史，刻畫著無人能理解的符號。二十歲的人，會有多少故事呢？姜玉凝視著李旭儀的臉，手指在螢幕上輕輕地摩娑，好像真的在摩娑他的臉龐似的。

姜玉點開李旭儀的個人頁面，他的朋友不多，臉書的動態也很少更新，多半是寫些對於時事的看法或評論，和零星的讀書筆記。

姜玉仔細讀著李旭儀的每一篇網誌，緊接著往下翻，一年前的李旭儀偶爾會寫一些日記，多半很悲觀，彷彿世界與他有很遙遠的距離，他和這個世界彷彿存在著一段距離，和姜玉也是。

有時候總覺得，我好害怕現在擁有的東西，

我更害怕我愛上了我所擁有的事物，
害怕一旦愛上，然後它又離我而去。
我的心承受不了一次次的撕裂，
不如，都不要了，我都不要了，就不會心碎了。

姜玉再往下翻，發現兩年前的某篇日記：

妳就這樣離開了。
如果那一天我沒有載妳，
就不會發生這種事情，
是我的錯，對不起。
醒過來好不好？寶貝，趕快醒過來，好嗎？

她不敢相信這篇文章出自李旭儀的手裡。
姜玉不敢相信李旭儀曾經發生過這樣的事情。
姜玉繼續往下翻，兩年前的某篇貼文裡，李旭儀和一個女孩手牽著手並肩而立，女孩的名字叫做語臻，好美的名字。
兩人的笑容看起來很幸福，那時候的李旭儀沒有現在的穩重和成熟，感覺開朗許多。

這樣的李旭儀讓人感覺親近。

和現在的他判若兩人。

是那件事情之後吧？姜玉心想。

那道疤痕也許也是那時候留下來的。

短短兩年，他好像突然長大了二十歲，身體裡住著與年齡不相稱的靈魂。

兩年的時間，一個人可以被扭曲得體無完膚。

那她呢？她和李旭儀呢？

短短的二十四小時，那曾在自己身上留下足跡的男人，就這樣消失無蹤了。

他們的愛情經得起兩年的考驗嗎？

姜玉心想，莫名地流下淚來。

盯著空白的螢幕，等待打字的直槓停留在第一格閃爍，堆積在螢幕旁的香菸盒子裡，只剩下寥寥數根，李旭儀揉了揉太陽穴，從裡頭抽出一支，煙霧散漫在整個房間。

他盯著散落在房間地上的稿紙，編輯早上說話的表情又浮現在腦海上。

「你寫言情就寫言情，不要裝聖人。」他雙手抱胸，騰出一隻手來抽菸。

「我只是想做點突破。」李旭儀說。

編輯笑了，「突破？」

「他媽的突破，李旭儀，你寫的東西也不過一本六十塊而已，騙騙眼淚，有什麼好突破的。」

李旭儀站起身：「我不想一輩子都當個言情作家。」

「他媽的，跟你說過多少次了。我們合約上說得很清楚，套公式講套路，歌頌愛情、讚美愛情，不是去批判它，批判這個世界！」

編輯將桌上的一疊稿紙往他身上扔。

「我跟你講，你還有半年的約，好好寫，你要寫這種東西拿去別家出版社碰運氣。勸你下個月生出一本你該寫的東西給我。」

李旭儀瞪著他良久，蹲下身去將散落在地上的稿紙一一收拾起來。

他一面撿，編輯站在辦公桌前一動也不動，他蹲踞在他的腳下，收拾被丟掉的稿子，那雙烏黑的皮鞋，好像踩著什麼東西似的，他感到一陣胸悶，整個人的尊嚴都被踩得死死的。

「年輕人，給你機會好好珍惜，別整天想著些有的沒的。」編輯俯視著他。高高在上地說著。也是，生殺大權操之在他的手上，沒有理由編輯要聽他的。

李旭儀想說些什麼，卻無法輕易出聲，沒有尊嚴的人是沒有聲音的。

他費了一番力氣，才小聲地將話說出口：「你有夢想嗎？」

「別跟我玩這套了。」

李旭儀仰著頭看著編輯，高高在上的模樣，高得他幾乎無法直視。

這樣的角度過於犀利，提醒李旭儀的微不足道。

編輯俯視著他：「講夢想，先惦惦自己斤兩。」

李旭儀盯著螢幕，腦袋裡完全沒有任何可以傾洩而出的墨水。他的思緒像乾涸的溪水，擠不出半點東西。

比起言情小說，他現在想要付梓的，是寫一本心目中的理想社會——有人挺身而出，對抗堅硬的高牆。

在某種程度上，他希望藉由文字呼籲改造社會，但卻沒有人願意要他的稿子。

對他而言，如果一個作家無法藉由作品呼籲對身處的時代的希望、想像或者反思，盡寫些風花雪月的東西，那是不可取的。

但是為了生活，他不得不出賣自己的意願。

他看著散落的稿紙，像被打碎的心灑落一地，碎成鋒利的玻璃渣。

他離開電腦桌，點起最後一根菸，躺在散落的稿紙上，想像著自己是個英雄，每天都在計畫著對付逃過司法漏洞的惡魔。

可是英雄靠著什麼生活？他的生活費呢？

好多想做的事情，力不從心的事情，找不到答案的事情。

李旭儀望著天花板，沉重的無力感讓他不知如何是好。

隔天醒來，姜玉立即拿出手機看有沒有李旭儀的消息。

李旭儀在凌晨三點多的時候留下了一則訊息：對不起，今天很忙。

姜玉鬆了一口氣，隨即感到一陣失落。

她看著鏡子，對鏡子裡的自己微笑，沒有發生什麼大不了的事情，都是自己的胡思亂想。

李旭儀安好，這個世界就安好。

他只是在忙著很重要的事情，對啊，他是作家呢。

我要體諒他，我不應該無理取鬧。

想通以後，姜玉傳了一則訊息給李旭儀：沒關係，我只是很想你。什麼時候有空？

捷運車廂一如既往地以呼嘯的聲勢駛入月台，姜玉隨著人群魚貫進入車廂。

每次在捷運上行經南京復興站的時候，從裡面望出去，整座台北市的流動都在眼裡呈現，這座城市很匆忙、也很多變。

心情好的時候，流動的台北像紐約，比鄰的摩天大樓好像一一扎根的夢想，只要努力一些就可以飛往人生的目標；可是難過的時候，太過匆忙的街景就顯得無情，好像每天忙著追夢，突然一不小心跌倒了，你看向四周，察覺到每個人都著眼於自己的方向，沒空理解你的遭遇，這個時候會發現：人是孤獨的個體，沒有誰能幫助誰，大家都是憑藉利益的動機才相聚在一起，只有自己才能度自己的業。

姜玉倚著欄杆，看著匆匆而過的窗景，今早的台北像盛夏裡的一朵玫瑰，終於熬過陰雨綿綿的時節，肆意沐浴在陽光的溫柔裡。

李宗盛的歌聲在耳裡旋繞，她享受著這種不為了想什麼而思考的時間。

歌聲突然切斷，響起了熟悉的鈴聲，光良的〈第一次〉，李旭儀專屬的來電鈴聲。

他突然其來的電話像廣袤的沙漠裡汩汩流出的湧泉。

姜玉帶著忐忑卻期待的心情接下電話。

「喂？」

「對不起，昨天出版社發生了一些事情。」李旭儀的聲音聽起來很消沉。

「你還好嗎？」姜玉問。

手機另一端傳來苦笑的聲音，「死不了。」

「下次不要再這樣了好不好，我很擔心。」

「妳在哪裡？」李旭儀問。

「捷運上，今天早八的課。」

「那我們晚上去吃飯？」

「你今天沒有課嗎？我想說中午可以去找你。」

「不去了，還有很多東西要寫。」

「這樣你晚上還要跟我吃飯嗎？」姜玉問。

「沒關係，當作我昨天的補償吧。」

講完電話，姜玉看時間，七點三十二分。

還有十幾個小時才能看見李旭儀。

時間突然被拉得好漫長，像幾十年的光陰一樣遙遠。

中午下課後，張偉峰走到姜玉的位子。

「我可以和妳一起吃飯嗎？」

姜玉面對他突如其來的舉動，有些不知所措。

她笑了笑，沒有拒絕。

「我知道有一間很好吃的牛肉麵。要去吃嗎？」

姜玉不能吃牛肉，本想提議去校門口對面的義大利餐廳，那是她和李旭儀常去的地方。

但是張偉峰先開口了，她不好意思推辭。

「好啊。」她說。

他們一路上有說有笑，漫無目的地聊著彼此的故事。

姜玉突然注意起張偉峰的五官，比起李旭儀的成熟，張偉峰就是這個年紀該有的朝氣與活潑，彷彿每分每秒都需要別人的注意，無法忍受一點一滴的孤單。

「嗯？怎麼了，一直看著我。」

姜玉看著張偉峰，突然問：「你為什麼會喜歡我？」

張偉峰一下子反應不過來，姜玉又鄭重其詞地問了一次。

「你為什麼會喜歡我？」

「我說不上來。」張偉峰說，「這種感覺很難形容。」

「你可以用你想的到的詞彙來形容。」姜玉說。

張偉峰看著她，許久才開口：「其實在我很小的時候，我爸媽就分居了。記得那一年我八歲，我爸媽吵了一場架，我媽就離家出走了。從那時候開始，我就再也沒有看過我媽。」

張偉峰看著姜玉，試探她的反應。

「我在聽，你繼續說。」

「所以我一直很沒有安全感，但不知道為什麼，妳的出現，總會讓我感到很安心。」

「也許是我人高馬大，讓你很有安全感吧。」姜玉自嘲地笑了。

「其實妳很漂亮，不要這麼說。」

「真是謝謝喔。」姜玉停頓了半晌，接著說，「我一直都很自卑。」

她自嘲地笑了：「小時候，我被很多男生笑。和女生站在一起，我都會顯得很突兀。哪個女生沒有幻想過自己是個公主呢？只是我生下來就是這樣了。」

「對不起。」張偉峰滿懷愧疚地說。

「不是你的錯，」姜玉笑著要他別想太多，接著說道：

「不過，後來有人跟我說：『即使所有符合溫柔的外表都不在妳身上，不代表妳沒有被疼愛的權利。』我才感到人生還有一絲希望。」

「是李旭儀嗎？」張偉峰問。

姜玉點點頭。

張偉峰看見她眼中有道異樣的閃爍，讓他有些吃味。

「他是個什麼樣的人？」張偉峰問。

「他很特別，有時候讓人感覺很疏遠，有時候卻又異常地體貼。我永遠沒辦法知道他在想些什麼。你知道嗎？他才大二就已經寫了兩本書喔，這明明是很了不起的成就，他卻覺得沒什麼，真的是個很特別的人。」

張偉峰看著姜玉描述李旭儀的樣子，那樣輕柔的聲音，那樣崇拜的羨慕，都讓他覺得遙遠得讓人受挫。

他要如何住進姜玉的心中？

如何讓姜玉對李旭儀的愛轉移到自己身上？

這些無解的問題像一道沒有解答的題目。

也許一切都只能交由時間來決定。

晚上，姜玉在公寓門口等待李旭儀，她本來想和李旭儀約在餐廳，自己直接坐捷運就好，李旭儀卻要她在公寓樓下等。

她穿著黑色的洋裝、高跟鞋，上了妝，戴上鮮少穿戴的項鍊，一切都顯得慎重，彷彿和李旭儀約會是場神聖的儀式。

約定的時間已經過了五分多鐘，姜玉卻還沒看到李旭儀的身影，她感到焦急，李旭儀一向守時。

這時候，一輛轎車正開進巷子，姜玉往裡頭靠，車子在公寓門口停下。

李旭儀下了車，對著她招呼。

他穿著一件西裝外套，裡頭是件白襯衫。

將頭髮梳得整齊，整個人斯文起來。

姜玉幾乎想要奔過去緊緊抱住他。

但是她極力維持著矜持，卻抑制不住臉上的驚喜。

「你怎麼會開車來？」一上車，李旭儀身上的香水味撲鼻而來。

姜玉整個人感覺醉暈暈的，被李旭儀的氣息包圍住，幾乎無法自拔。

李旭儀沒有回應，給她一個濃濃的吻。

姜玉有些訝異，甚至懷疑這是一場夢，一場美的無與倫比的夢。

「和朋友借的。」

「今天是什麼好日子？」

「吃完飯，我們去陽明山看夜景。」

姜玉注視著李旭儀的側臉，她突然好想對他說「我愛你」。

一次、十次、一百次都不夠，那遠遠無法表態她此刻的心情。

一千次、一萬次都不夠，太少了，少的在她巨大的愛情相比之下顯得敷衍。

十萬次、一百萬次，就算說了一千萬次都遠遠不夠。

李旭儀握著方向盤，注意到姜玉愣愣地望著他。

「幹嘛一直看我？我臉上有東西嗎？」

「你今天看起來很迷人。」

「喔，所以平常都不迷人囉。」

「你沒有梳頭髮的時候很邋遢。一副厭世青年的樣子。」

李旭儀看向姜玉，兩人相視而笑。

接著姜玉將手放在他的大腿上，關切地問：「你昨晚怎麼了？」

「沒有，小事情而已。」他故作雲淡風輕。

姜玉望著他：「願意和我說說嗎？」

李旭儀若有所思地開著車，過了許久，他才緩緩開口：「你看過我的小說嗎？」

「我上禮拜去找來看，都看完了。」

「妳覺得如何？說實話。」

「很通俗。」姜玉說。

「對，可是我不想這樣。」李旭儀接著說。

「這種感覺好像在考學測的八股作文。不斷地丟出新的花招、曲折離奇的情節，但都是一樣的狗屁，說到底都是些小情小愛。我並不想寫這些。」

「作為一個作家，應該要去書寫更有意義的題材。然後，然後我就被編輯修理了一頓了，整本書的稿子丟了一地，只給我一個月的時間重寫。」

他無奈地笑：「我倚賴著追求人生的目標而活。可是，在追求的路上我常不經意地迷失目標。這是一件很恐怖的事情，就好像突然失去呼吸而感到十分恐慌，隨時不知道自己什麼時候會像電池耗盡的機器人，就這樣默默無聞地死去。」

姜玉凝視著李旭儀，那雙憂鬱的眼睛，她輕輕摩娑他的大腿，試著聆聽他的心事。她直視著他的傷口，卻無法體會他的痛苦，她只能靜靜地陪伴在他身旁。

車子緩緩駛入郊區，爬上蜿蜒的山路，來到一間小餐廳，在黑暗的山區中透著橘黃色的燈光，木造的建築給人一種安心的感覺。像房間裡的小夜燈，在黑暗的世界中獨自綻放著光芒。

李旭儀領著姜玉，走進餐廳後方的露天座位區，餐廳裡只有三三兩兩幾個人，台北的夜景一覽無遺，放著很輕的音樂，好像電影中才會出現的場景。

李旭儀幫她拉開坐椅：「Please。」

「你怎麼知道這個地方？」姜玉問。

「和朋友來過一次，這裡的風景很美吧。」

李旭儀叫了一瓶香檳，為他們斟滿酒：「乾杯。」

姜玉輕啄杯裡琥珀色的液體，甜甜的酒精味，刺鼻的感覺內斂地在鼻腔裡收緊。

她望著璀璨的夜景，微風徐徐吹來，青草的味道隨風而來，這裡讓人自然而然的輕聲細語，不敢大聲喧嘩，儘管浪漫，卻有股靜謐的莊嚴。

「好不可思議噢。」姜玉說，她抬眸望著李旭儀，他整齊的髮線下文質彬彬的臉龐，映著橘紅色的燈光，看起來十分迷人。

她笑了。

「不可思議？」李旭儀問。

「為什麼你不早點出現呢？」姜玉凝視著李旭儀。

他將身子靠過來：「妳呢？為什麼不早點出現？」

「如果你當初沒有這麼直接的出現，我和你，和這一切，應該都不會發生吧？」

「妳想用『決定論』還是『宿命論』來說明我們的相遇？」

姜玉喝了一口香檳，輕飄飄的，像餐廳放的優雅輕快的鋼琴音樂。

「我希望是命中註定。」姜玉說，她看著李旭儀。

他們的視線在彼此的臉龐上游移，像互相刺探的敵人，等待對方掉入自己的愛情陷阱裡。

但是他們等不及對方的反應，隔著一張餐桌的距離吻了起來。

李旭儀的吻帶有強烈的力道，彷彿要將她的嘴唇融化。

微風醉人、音樂醉人，風景也隨著一切朦朧了起來。

整個夜晚都醉了。

用完餐後，李旭儀開車載她去看夜景。

他們停在半山腰上一個空曠的平地。

李旭儀沒有下車的意思，他看著姜玉，姜玉看著他，彷彿按捺許久的情緒終於得以在對的時空裡宣洩，他們激烈地彼此相吻，緊緊捏住彼此的身體，彷彿像要把自己融入對方的身體似的。

「把座位調下去一點。」

姜玉扶著車窗，將腳跨過李旭儀的身子，她左邊的肩帶滑落下來，半邊乳房若隱若現，李旭儀扶著她的腰，他褲子裡隆起的男性感到些微腫脹的痛楚。

那樣輕微的痛楚讓他有著異樣的興奮。

李旭儀的雙手在姜玉的身上四處游移，柔軟的肉體像一幅永遠探索不完的地圖。

他在黑暗中渴求將自己的舌頭放進足以安置的入口，那裏也正有濕濡且溫熱的舌頭在等待他的侵入。

他們瘋狂地舌吻，姜玉的手伸進他的頭髮撓抓，他將舌頭從濕濡的黏液中轉移陣地，在堅挺的粉色周圍四處舔舐，姜玉溫柔的呻吟讓他有股破壞性的衝動。

「我快受不了了，繼續。」姜玉的話音變得急促且破碎。

她的全身都被李旭儀的激烈佔據著，但她已氾濫的窗口卻遲遲等不到溫熱的填滿。她像溺水的人急於找到一根救命的竹竿，姜玉往李旭儀的身下探索，解開拉鏈，李旭儀的。

「啊。」

生命圓滿的和諧，原來是在快感與痛楚之間的無限循環。

姜玉癱在李旭儀的懷裡，她聽見李旭儀的呼吸聲，帶有疲憊感的長吁。

她想像自己站在車窗外，看著此刻的自己，這種光景似乎十分滑稽，像個永遠長不大的小女孩，依偎在堅實的胸膛裡。

「好想一直抱著你，就這樣到永遠。」

四周很安靜，只有李旭儀的心跳聲，姜玉知道，這一刻難得的寂靜，將是她人生中最美的時光。

「玉，我想出去抽根菸。」李旭儀的聲音打破了寂靜。

「不要，我才不要讓你去哪裡。」姜玉將頭埋進李旭儀的胸膛撒嬌。

「我想出去抽根菸。」李旭儀說。

「才不要。」

「聽話。」李旭儀拍了拍她的背。

不是懇求，而是命令的語氣。

她起身看了他一眼，眷戀地探身去吻他。

沒有得到預期中的回應。

她只好吃味地爬回副駕駛座上。

李旭儀出了車門，面對一片夜景，一個人靜靜地抽菸，姜玉從車裡望著他的背影，突然覺得好陌生，剛才熱烈吻著自己身體的男人，好像又咻一聲地不見了。

隔天早上起床，李旭儀已經離開了。

姜玉在床上發了一會兒愣，李旭儀一如以往地將買好的早餐放在茶几上，並且貼了張紙條。

最近要趕稿，這兩個禮拜先別見面了。

姜玉對著紙條發牢騷，起身走到浴室。

面對鏡子，她看著自己，是不是我長得不夠漂亮呢？李旭儀才會對我這麼冷淡。

她捏著腮幫子，覺得兩頰的肉有點多餘，如果是小巧別緻的瓜子臉該有多好，她測量著自己寬闊的骨架，突然湧起一股自卑感。

像是身處在嘻皮笑臉的人群中，下意識地不敢開口出聲那樣。

這種經驗她從小就體會過無數次了，只是從前讓她感到自卑的是那些無所謂的人，而現在讓姜玉感到自卑的，卻是她最在乎的李旭儀。

中午，張偉峰像往常一樣，問姜玉要不要一起吃飯。

卻沒有在教室看見姜玉的身影，問了好幾個同學，都沒有人看見她。

最後張偉峰想起來，姜玉第三節下課後就拎著書往圖書館的方向走去。

他走到圖書館，果真看見姜玉在閱讀室的角落，一個人安靜地看著書。

「嘿，找妳找好久，原來妳在這。」
張偉峰看見姜玉正專心地看著書，是村上春樹的小說。
「考試沒有考村上春樹吧？小姐。」
姜玉聞言搖搖頭：「我只是好奇而已。」
「好奇？以前都沒看過妳在看小說，怎麼突然開始感興趣了？」
面對張偉峰的問題，姜玉擺擺手：「有些東西就這樣感興趣了嘛。」
「不對。」張偉峰盯著姜玉，有股說不上來的異樣。
「哪裡不對？」
「妳幹嘛無緣無故化妝？」
姜玉睜著眼睛看他：「不好看嗎？」
「今天是什麼特別的日子嗎？」
「我只是想打扮一下而已。這是很正常的事情好嗎。」
「好吧，妳要一起吃飯？」
「不了，我想在這裡看小說。」
張偉峰將小說闔上，「吃完飯再看也可以啊，怎麼可以不吃呢？」
「喂！」
姜玉拗不過張偉峰的要求，只好一邊抱怨地收拾書本，和張偉峰一起到校外餐廳吃飯。
一路上，張偉峰總覺得姜玉今天和平常不一樣，不但化了妝，就連衣服都感覺精心挑選過，和平常素樸的穿著明顯不同。

他看著姜玉，說：「是因為李旭儀嗎？」

「什麼？」

「你今天特別打扮，是因為李旭儀嗎？」

姜玉搖搖頭：「我只是突然想要打扮一下，女生不都這樣嗎？」

「『女為悅己者容』，妳是為誰？」

姜玉聞言笑了，「希望我不需要為了誰，但是你知道的。」

「村上春樹也是？」

姜玉不置可否：「也許是，也許不是。」

接著姜玉問張偉峰，卻又像自問自答似的說：「要怎麼樣才能拉近距離呢？」

「拉近距離？」張偉峰問。

姜玉看著他，十分慎重地說：「怎麼樣才能讓男生開心？」

「有很多種方法啊。妳現在和我吃飯，我就覺得很開心了。」

「那要怎麼樣拉近距離呢？我覺得我和李旭儀好像沒什麼頻率。」

「感情是兩個人的事，光靠一個人想拉近距離，是無法成功的。」張偉峰說。

「用講的我也會說啊，只是這種事情發生在自己身上的時候，就沒有辦法這麼豁達了。我甚至覺得，李旭儀也會排斥我的外表。」

「如果這樣，你們是怎麼在一起的？」

「在一起？」姜玉說。

「對啊，是他跟妳告白呢？還是妳跟他告白？誰提的？」張偉峰問。

姜玉努力思索，卻沒有結果，只好搖搖頭。

「不知道？」

姜玉只想起二十二歲生日的晚上，她和李旭儀發生了親密關係。

隨後，她就自然而然地和李旭儀以男女朋友自居了。

「總之是自然而然就交往了。」姜玉敷衍著說道。

「是這樣啊，那我就不知道了。」張偉峰說。

晚上下班之後，姜玉拿出手機，沒有李旭儀的未接來電和訊息，她不禁感到有些難過。

剛交往的時候所謂的「熱戀期」，竟然連一點這種感覺都沒有。

姜玉本來想撥通電話過去，可是她又想和李旭儀見面。

與其通完電話一直嚷嚷著見面，不如現在就搭捷運過去找他，順便幫他買宵夜好了。

姜玉這樣想著，搭上了和回家的路相反的班次。

一到李旭儀的公寓樓下，姜玉打了通電話給李旭儀。

「喂？」

一聽見李旭儀的聲音，姜玉就變得十分開朗。

「猜猜我在哪裡？」

「妳該不會在我家樓下吧？」李旭儀說。

「欸，可以不要這麼聰明嗎。」

「我下去接妳。」

一見到李旭儀從公寓大門走出來，姜玉就奮不顧身地跑過去將他緊緊抱住。

她喜歡李旭儀身上淡淡的香味，李旭儀專屬的氣息。

他摸摸她的頭，牽著她的手走進公寓。

等待電梯的空隙，李旭儀緊緊靠在姜玉身後，雙手摩娑著她的腰。

「妳的頭髮好香。」李旭儀在姜玉耳畔輕聲地說，她能感覺到李旭儀的男性在她的褲子上緊緊摩擦。

電梯門開了，他們相繼走進，在只有他們兩人的密閉空間裡，李旭儀將她壓在電梯後方的鏡子上，他們熱烈地吻了起來。

電梯緩緩上升，在密閉的空間裡擁吻，姜玉一面害怕電梯在某個樓層開啟，會被人撞見，一面卻無法抗拒李旭儀的溫柔，羞恥和性慾在體內交迫，她竟感到一絲絲興奮在體內作祟。

「到了。」李旭儀說，她撥了撥頭髮，李旭儀緊緊牽住她的手走出電梯。

「怎麼突然來了？」李旭儀突如其來的一問，彷若剛才什麼事情都沒有發生。

他自然從容的語氣讓姜玉覺得訝異。

她頓了頓，反應過來：「我想你啊。」

李旭儀笑了，打開門，讓姜玉進去。

姜玉在堆滿書本的圓桌上努力騰出空間，將買好的宵夜放在桌上。

李旭儀猝不及防從後面將她緊緊抱住，在她的後頸處綿密地吸吮。

「李旭儀，你今天好急。」

李旭儀一面熱烈地親吻她的身體，一面氣喘喘地說道：「我想要妳。」

姜玉握住李旭儀在她身上不安分的雙手。任由酥麻的感覺在身上擴散，她只能屈從於這樣的快感之下，別無選擇。

李旭儀將自己的褲子脫下，他看著她的眼神中帶著殷切的渴望。

「玉，可以幫我嗎？」

「用嘴巴？」

李旭儀點點頭，好像肯定姜玉絕對不會拒絕她那樣的自信。

她緩緩蹲下身子，猶豫地用嘴巴含住。

她聽見李旭儀輕微的喘息。

「對，就是這樣，再快點。」

她聽從李旭儀的指令，像隻聽話的綿羊，溫柔地服務著。

突然她想問，此刻她在李旭儀心中，扮演什麼樣的角色？

她看不見自己的樣子，已經越來越透明了。

她的頭被李旭儀按壓著，越來越激烈，她的喉嚨因為摩擦而逐漸感到難受。

「快了，快了。」

她使勁含住，眼眶難受地泛起淚水。

李旭儀興奮的喘息在她耳邊縈繞，而她無法感受到相同的快樂。

她感到羞恥。

李旭儀的愉悅建立在她的羞恥上。

「快了，快了快了。」一陣間斷地長吁。

她被按壓著的頭倏地被鬆開，臉上像潑墨似的噴濺上濃稠的液體。

她無從反應一切。

李旭儀穿好褲子，走進浴室，拿出毛巾溫柔地擦拭著她的臉。

她看著他。

「你愛我嗎？」

姜玉望著李旭儀，她不知道為什麼會突然想問這個問題，也許是想藉由李旭儀的答案得到某種精神上的慰藉，好抵抗她心中的疑慮。

李旭儀摸了摸她的頭，「傻瓜。」

他抱住她，拍了拍她的背，旋即放手。

「幸好妳有來，不然我寫稿快寫到瘋掉了。」

姜玉看著李旭儀的側臉，每次親熱完後，她總會覺得自己和他距離好遠好遠。

她看了眼錶上的時間，說：「宵夜記得吃，時間不早了，我先走了。」

李旭儀送她坐電梯到樓下，在離去的電梯裡，他們相敬如賓地保持著距離。

姜玉試著打破這沉默的時刻：「哪天陪我去逛街好嗎？」

「好啊。」李旭儀說，漫不經心的回答。

感覺是為了維持對話的氛圍才說的，聰明如他，只要用個「我要寫稿」、「我有事要忙」就可以打發掉了吧，姜玉望著他的側臉，她愛他，非常愛他，但是她需要他靜靜地聽著她說些無關緊要的小事，那些對她而言很在意的小事，她需要他靜靜地陪她聊著天長地久，這樣就是一種無與倫比的浪漫了。

離開前，姜玉欲言又止，最後她拉住李旭儀的手：「我覺得，我們需要好好聊聊。」

「好。」李旭儀說，將她擁入懷裡，一個無關痛癢的吻。

回家的路上，姜玉回想起不久前才發生過的事情，她無法理清思緒。

這就是愛一個人的感覺嗎？

服從、妥協、陪伴，然後在愛的當下體會到無法訴諸言語的痛苦。

那樣酸澀、不堪，毫無尊嚴。

愛情怎麼會敵得過自尊呢？

可是姜玉輸了，她跪在李旭儀腳下，那樣臣服的姿態。

他闖進她的生命，用她尚未體會過的溫柔，讓她嘗試到從未有過的心痛。

這就是愛情嗎？

她想要扭轉局勢，她不想被他控制，像隻沒有意識的人偶。

這還是愛情嗎？

正當姜玉這樣思索著，手機響起來，是張偉峰打的電話。

「姜玉，妳有空嗎？」

「怎麼了？這麼突然。」

「沒有，只是突然想給你打個電話。想聽聽妳的聲音。」

姜玉笑了：「這樣未免也太肉麻了。」

「妳最近好像不太開心，每次看到妳都好像在想些讓妳覺得難過的事情。」張偉峰說。

「沒事，你想太多了。」

「沒事就是有事，不是嗎？」張偉峰說。

他的話好像寒冬黑夜裡的一盞燈，讓姜玉在漫漫長夜中找到取暖的地方。

「張偉峰，你現在能出來嗎？」

「可以噢。」

他們約在民權西路捷運站一號出口見面。

姜玉坐在百貨公司前的椅子上滑手機。

偶爾抬頭，過路的情侶讓她覺得刺眼。

明明她也是身在愛情中的人，卻沒辦法擁有這種單純的幸福。

她感到嫉妒，卻反照自身的悲哀。

沒多久後，張偉峰到了，在她身旁坐下。

突然見面，反倒不知道該說些什麼。

「怎麼突然約我出來？」

「陪我散散步，像《Before Sunrise》那樣。」

「那我們先假裝在看書，然後我向妳搭訕好了。」張偉峰說。

「神經病，不過我喜歡。」姜玉笑了，從包包拿出九歌出版的小說集。

假裝旁若無人地看書。

「嘿，妳在讀什麼書？」張偉峰上前搭訕，姜玉將書的封面轉向張偉峰。

「喔，感覺是本不錯的書。」

「你呢？」姜玉問。

張偉峰假裝自己手裡有一本書，「藤井樹的《六弄咖啡館》。」

「這樣啊。」姜玉說。

「我想去走走，要嗎？」張偉峰用大拇指指了個方向。

姜玉故作猶豫了會兒，「我想想，這個提議好像不錯。」

接著兩人起身，沿著台北夜晚的街頭散步，有些店家已早早打烊，披著夜色，車潮仍未減少。

橘黃街燈映在他們身上，腳下的影子被拉得老遠。

姜玉踩著紅色的磚，跨過一格一格相間的綠磚，像十七歲的少女。

張偉峰見狀，也學姜玉踩著滑稽的步伐。

「好可惜，如果我在巴黎就好了。」

姜玉望著雜亂無章的市容，發出無可奈何的喟嘆。同一性的牌匾，像毫無生氣的積木堆疊，這座城市的建築是成本與利益的算計，沒有文化與歷史的厚度。

好像一切都在利益的天秤下秤量才能顯現出價值。

「比起巴黎，我比較喜歡東京。」張偉峰說。

「為什麼？巴黎比較適合散步啊。到處都有古老的建築，背後都有故事，徜徉在故事中，是件很浪漫的事情。」

「可能是因為很喜歡《深夜食堂》的緣故吧。就覺得，有生之年一定得到東京走走。」

「我也很喜歡。」姜玉說。

「妳也看過《深夜食堂》？」張偉峰問。

姜玉點了點頭：「臉上有刀疤，又會煮菜的男人太迷人了。」

「我覺得用料理帶出人生的故事，是件很浪漫的事情。」

「我覺得最棒的是，在深夜開張的小店。就好像在大海中的燈塔，莫名地讓人感到安心。好像那間店，是所有漂泊的人的避風港似的。」

「姜玉，妳喜歡做飯嗎？」

「偶爾會自己煮，但稱不上是喜歡。」

「妳知道嗎，小學的時候，每次看同學吃著媽媽幫他們準備的便當，我就會非常羨慕他們。我一直希望有人能為我做一頓飯。那我大概會感動到痛哭流涕吧。」

他們走到一座公園裡，在公園的長椅上坐下歇息。

夜晚的公園仍然有人在跑步，偶爾也有幾對散步的情侶經過，幾次不經意地對上眼。都是在夜晚流浪的人。

「張偉峰，如果有一天，你得到渴望了很久的東西，但是卻發現這和你預期地完全不一樣，你會怎麼想？」

「渴望很久的東西啊？」

「就好像有一天，有人為你準備了便當。而你卻發現比起外面買的，那便當簡直難以下嚥。可是又因為是別人為你準備的便當，如果不吃完的話又怕太對不起那個人了。你會怎麼做？」

張偉峰聽了哈哈大笑：「我竟然沒有想過這個問題欸。」

「總是得不到的最好，對吧？」姜玉說。

「這樣說也未免太不公平了。畢竟我連得到的滋味是如何，我都不知道，我要怎麼推斷我的想法呢？」

「是啊。人是經驗的動物，不是嗎？」

姜玉看著坐在鞦韆上玩耍的年輕情侶，「很多事情都得親身經歷，才能真正體會前人說過的話。在受過傷之前，我們都太過自以為是了。然後受了傷，才能說些如此一般的、好像富有哲理的話一樣。人好像很犯賤，總是要受過傷才會乖乖聽話。」

「沒辦法，也許這就是所謂的原罪吧。」張偉峰說。

「光是這樣想就讓人覺得哀傷。」姜玉看著遠方，嘆了一口氣。

「其實可以樂觀一點呀。」張偉峰說，「好好的愛這個世界，好好的恨這個世界，用盡全力地愛恨分明。這就是身而為人類的我們，應該做好的本分。誰叫我們是人呢？」

姜玉眼睛為之一亮，「我好喜歡這句話。好好的愛這個世界，好好的恨這個世界。」

「所以，可以和我聊聊嗎？」張偉峰說。

姜玉沉吟了一會兒，「還是李旭儀。」

「他怎麼了？」

「我不知道是他怎麼了，還是我怎麼了。」

「嗯？」

「我二十二歲生日的那個晚上，和他上床了。」

張偉峰有點不敢置信從姜玉口中說出來的話語，那像一記重重的拳頭，分毫不差地打在他的痛處上。

他仍然故作鎮定。

「後來我們就發展成男女朋友的關係了。」姜玉說，「可是，他沒有承認過。也許一直是我的一廂情願。」

「後來我們每次見面，都無法避免地做那些事情。可是他從來沒有問過我的感受。」

「任何一次嗎？」張偉峰像在確認某些事情似的語氣。

姜玉點點頭：「我甚至覺得自己就像他的『洩慾工具』。只是我不願意承認。也許，那是另一種愛的表達方式。」

「妳應該和他談談。」

「他好像知道，只是不願意承認。他隨時可以用愛的名義要求我做任何事情，如果我反抗或拒絕，就好像我是歇斯底里的婊子。」

「不要想太多，我相信坦白才能解決問題。」

「可是要跨出坦白的那一步，才是真正難解的吧。我害怕一旦坦白之後，我們就回不去了。我害怕失去他。」

沉默在他們兩人之間蔓延，沒有來由的。

張偉峰偷偷瞄著姜玉，此刻她看上去就像頭受傷的小鹿，他多希望可以為她療傷。

但她同時也在用話語傷害他，只是她沒有察覺，也許有，也許她是故意說給他聽的。

關於性、關於那個男人對她所做的一切，都是他無法擁有的權利。

也許姜玉是故意的，她故意在他面前擺出受傷的姿態，要求他的憐憫、安慰，也許她想讓他感到嫉妒、心酸，她想藉此來滿足自己的虛榮。

但無論如何，他愛這個女人，一如他對失散多年的母親的思念。

他生命中意義重大的兩個女人，都不約而同地傷害著他。

他一面愛人，一面受到折磨。

這是宿命吧？無妨，他是個愛恨分明的人。

姜玉和李旭儀發生關係的事情讓張偉峰的心裡產生了揮之不去的疙瘩，他恨姜玉，恨她將她的初夜給了李旭儀。

但是在恨的裡頭，他又發覺到他對姜玉無可救藥的愛。

夜深了，張偉峰的聲音打破了沉默。

「兩情若是長久時，又豈在朝朝暮暮。姜玉，我會等妳。」

第六章　謊言

「妳應該是姜玉吧。」

「妳到底是誰？」

電話那一頭靜默了幾秒，「我是他女朋友。」

那天晚上回去之後，姜玉就沒再找過李旭儀了。

她想和他賭氣，也和自己賭氣。

她想拿回屬於她的尊嚴。

再過兩個禮拜，就是大三下學期的期末考，考完後就放暑假了。

她暑假的時候會回家，兩個月的時間都會在台南。

那時候，就不能每天和李旭儀見面了。

如果這兩個禮拜，李旭儀也沒有來找她呢？

那他們要到什麼時候才會再見面？

她又再次地對自己的行為感到愚蠢。

李旭儀現在也許在寫稿，在做自己的事情，他對她的焦慮與心慌渾然未覺。

人與人之間，竟是這樣的不堪與相異。
儘管她內心焦灼如火、心急如焚，李旭儀也不會知道。
沒有了聯繫，他不會知道她的喜怒哀樂。
她同樣也不知道他心裡的陰晴圓缺。
所有心事都得等到相逢那一天一一清算。
人哪，都是在時間中改變的人，只是面對各自的改變，還有自信當初緊密相連的愛情，還依然是那份愛情嗎？
她需要沉澱，將過多的疑慮與憤懣過濾掉，重新學習一個人生活，試著將世界在自己的眼前攤開，不再去計較李旭儀的每一分哀傷與寂寞，將之化為自己應該等同視之的悲傷。
星期天，姜玉一個人到電影院看午夜場。
空蕩蕩的播放室裡，只有三三兩兩的人，放著Woody Allen的《午夜巴黎》。
男主角在午後的巴黎街道漫步，街燈讓整個夜晚變得很溫柔。
一輛老舊的汽車馳來，帶領他回到過去的美好年代。
海明威、沙林傑、達利。
要是李旭儀在的話，一定會說些有關他們的事情。
姜玉對這些人的名字感到陌生，她努力記下來，再找時間去翻翻那些人的作品。
能這樣漫步在巴黎街頭真是件美好的事情。

電影結束後，姜玉在街道上漫無目的地走著。

就像電影裡的男主角一樣。

不知道為什麼，她開始喜歡在夜晚散步。

台北的天空很少有月亮出現，不像台南，啊，她開始想家了，那個溫暖的國境之南。

是什麼讓她到這裡來呢？

台北，她曾經崇拜這裡的絢爛，嚮往這座城市的花漾。

可是沒有人跟她說過，這座城市也有淒風苦雨的夜晚，也有匆忙無情的時刻。

承載夢想的地方，也必然負累著夢碎。

她走過長長的斑馬線，四周高聳的大樓亮著燈光，華麗的燈飾佇立在頂樓，像夢想殿堂的高貴象徵。

一間夜店的招牌吸引了她的目光——「Baby18」字樣的霓虹燈，散發著粉色的亮光。

她聽見嘈雜的搖滾樂隱隱震出牆外，索性進門走下樓梯。

點了一杯gin&tonic，姜玉在吧檯邊看著舞池中搖擺舞姿的人群。

同樣站著吧檯邊穿著襯衫、看起來文質彬彬的男人，像尋找獵物似的掃視著形單影隻的女人。

在燈光微弱的空間裡，充滿性的意味，似乎是一種既定俗成的儀式。

需要性的人互相尋找彼此，如果契合就能擁有一個沒有後顧之憂的夜晚。

多美好啊。

這種話從男人眼中理所當然地說出來，好像浪子般瀟灑。

冠上玩世不恭的名號，彷彿桂冠加身。

而女人卻不得不一面害怕著世俗的枷鎖，一面迎合男人的慾望呵。

她自顧自地想著，為什麼小說裡的性，可以寫的這麼浪漫？寫的無牽無掛，寫得好像，那只是一件無傷大雅的小事。

而現實中卻又是另外一回事。

舞池中時而閃爍著燈光，隨著聲音的震動而忽明忽暗，搖擺的人群，像一叢叢在水裡搖曳的迷迭香，優雅地像群水蛇翩然起舞。

酒精刺鼻的氣味從鼻腔深處擴散，姜玉感到臉紅通通地發燙。感官變得模糊，卻有意無意地對著爆炸般的搖滾樂起了作用。

她微微張著眼睛，踱步向舞池中央走去。

離開前將杯中的酒一飲而盡。

「就這樣吧。」

她像隻無所畏懼的羔羊，混入狂舞的狼群。

在舞池中，她不再是那個被笑稱「金剛」的大隻佬。

她是女人，女人在舞池裡佔有絕對的優勢。

被獵捕的優勢。

她微微睜著眼睛，任酒精在身體裡發酵。

狂舞、搖擺，褪去世俗的規則與教條，此刻她是她自己，完全自由的自己。

揮舞著雙手、騷弄著身肢，任性地搖頭。

不久，她被包圍在一群偽裝瘋狂的男人之中，他們也同樣狂舞著。

一面擺弄著身體，一面將下體緊緊貼著她的身體磨蹭。

狂熱的儀式啊，她是被獻祭的羔羊，好滿足男人們的欲求。

每張臉都在對她微笑，儘管她不予理會，那些臉孔都在對她微笑著。

前後左右，那一張張微笑的臉孔看上去都像是李旭儀。

是你啊，李旭儀。

姜玉搖擺的身體越加狂野、不羈。

四個男人，四個生殖器，緊緊貼著她的身體，磨蹭啊、磨蹭，彷彿可以磨蹭出更高貴的東西。

在舞池的魔幻場域裡，她被緊密地需要著。

前所未有的被需要著，原來是因為性慾作祟。

舞池裡的人看見一個戴墨鏡的ＤＪ走向舞台中央，手裡拿著一瓶 JOHNNIE WALKER，瞬間瘋狂起來，像發瘋的狼群長嚎吼叫，頻頻伸出手要抓下他手上的那瓶酒，彷彿那是酒神戴奧尼修斯手中的瓊漿玉液。

被ＤＪ選中的人恍如萬中選一的巨星，在人群中享有被灌酒的特權。

姜玉掙脫出包圍的人群，像犯了毒癮的癮君子求饒似的伸手抓向他，ＤＪ將琥珀色的酒瓶倒向她。

她張開嘴巴，任由強烈的酒精灌入喉嚨，沒有作罷的樣子，彷彿她可以一口氣灌完那瓶酒。

四周的人群朝她驚呼、給予掌聲。

在男人眼裡，也許是今夜多一具的屍體。

酒精的作用已經讓她睜不開眼睛，她憑藉著微弱的意識倔強地跳著舞。

黑暗中一雙手試探性地抓住她的乳房。

她沒有抗拒，那雙手便安然地停在上方，隨著震耳欲聾的聲音搓揉。

她被莫名的身體包圍住，被親吻的後頸感到鬍渣粗糙的質地。

這不是李旭儀的吻。

正當她的意識稍微清醒過來，舞池中突然變得一片明亮，音樂戛然而止。

趁著這個空檔，她僅憑著所剩不多的氣力掙脫出那雙手，迅速地逃了出來。

一路上她沒有回頭，凌晨四點的台北在她的眼中像是平行時空一般，剛開門的早餐店、送報人和一輛接著一輛往來疾馳的計程車，都和整夜放蕩的她格格不入。

她拖著踉蹌的步伐，往捷運站的方向走去。

手機裡沒有任何新增的訊息和未接來電，讓她莫名感到一陣空虛。

適才的瘋狂漸漸淡去，像腎上腺素的功能消退之後，原本留在身體上的傷口又隱隱感到痛楚。

捷運站的鐵門被拉下，她一股腦坐在台階上，賭氣的拿出手機將她到酒吧發生的事情，和一群男人跳貼身舞、灌酒，那好一大瓶JOHNNIE WALKER，還有黑暗中冷不防被抓住乳房的事情，用一種「一點都不關你的事情」的口吻傳給李旭儀。

沒有已讀，沒有任何回聲。

她彷彿朝著巨大的洞穴嘶吼，聲音卻被完全吸收進去了，期望得到一些聲音，說些「我在這裡」的試探。

沒有回音，什麼都沒有。

像放進水裡的棉花糖，什麼都沒有剩下。

她埋進膝蓋裡失聲痛哭，期望李旭儀會突然出現在身後安慰她。

但是什麼都沒有。

隔天清早，姜玉被手機鈴聲吵醒。

宿醉帶來的沉重感像在腦子裡壓了鉛塊，頭昏腦脹，螢幕上顯示的12通未接來電看似非常遙遠，好像不關自己的事似的。

是李旭儀，十二通的電話，他何曾這樣著急地尋找她？

電話又響起了，姜玉接起。

「妳在哪裡？」李旭儀問，咄咄逼人的語氣，沒有一點開啟對話前的預備拍。

她感到愕然，時而消失時而出現的人突然以質問的語氣指向她。

她試著清醒起來，沉重的腦袋只允許她勉強擠出兩個字。

「在家。」

「妳身邊有人嗎？」

這是什麼意思？姜玉自忖。

「為什麼要這樣問？」

「妳自己心裡有數。」

「我不懂。你到底在說什麼？」

「妳最好想想妳昨天講了什麼。」

電話掛掉了。

她從沒遇過李旭儀這樣憤懣的一面。

打開訊息，她才驚覺自己的失態，無怪乎李旭儀的反應，連她都覺得自己昨晚的行為脫序。

但是轉念一想，李旭儀竟然因為她的放縱而生氣，想必心裡頭還是在乎她的吧？

姜玉反而感到開心。

他吃醋了。

他並不是不在乎她的，為了她的徹夜未歸，他生氣了。

姜玉第一次嘗到勝利的滋味。

李旭儀的憤怒顯得滑稽可愛，倒有些憐憫他起來。

姜玉回撥電話給李旭儀：「對不起，我錯了，原諒我好嗎？」

電話那頭沉默了許久。

「妳在家嗎？」

「嗯。」

「我去找妳。」李旭儀說。

姜玉掛下電話，心滿意足地緩步到頂樓陽台看風景。

海藍色的天空像水洗過一般，上頭掛朵白雲，難得的寧靜籠罩整座城市。

這股寧靜像在夏天之後、秋天之前，沒有風、沒有雨，只有安詳。

她在等他。

她一直在等他。

在安詳的氛圍中，她靜靜地等著李旭儀的到來。

李旭儀的頭髮有自然捲，黑色的髮絲混著淡淡的金紅色，相間著稀疏的白髮。

聞起來有淡淡的香味。

她無法定義這香味的名字，但這股香味將會存在她的記憶裡，若然有一天這股香味再次撲鼻而來，儘管李旭儀不在她身旁，她也會再次記憶起他所有的一切。

房間裡的廉價音響放著Billie holiday的爵士樂。

他們裸著的身子在床上交疊。

李旭儀輕輕地吻著她的脖子，吻著她的身體。

他教導她該挑逗男人的哪個部位、舔拭男人的敏感地帶，他讓她知道怎麼做會讓彼此欲仙欲死。

李旭儀讓她體會到性愛的美好。

她從來不知道自己也能變成這樣嬌媚的女人。

在即將高潮的刻不容緩的剎那，姜玉嬌喘之餘擠出話來：「說，說你愛我。」

她緊緊夾住他的臀部，加劇衝撞的力道。

她凝神專注著他的表情。

那一瞬間他猶疑了，但是身體卻反其道而行地加快速度。

「我愛你。」匆匆帶過，他的眼睛看向別處。

濃烈的熾熱迸發似的湧進體內，砰，像倏忽即逝的煙火。

他癱在她的身上。

姜玉將手埋進他的頭髮裡，溫柔地撫摸著。

「有時候我真的不知道，你是愛我，還是愛我的身體。」

他抬起身子，和她四目相望，指尖點著她的鼻子。

「都是妳，不是嗎？」

「不一樣。」

「哪裡不一樣？」他撫摸著她的臉，那樣的溫柔幾乎無法再讓她辯駁任何一句。

但是在愛情的道德底線下，她必須捍衛住屬於自己的真理。

「男人都把性當成目的，你得到我了，你成功了，你贏了。我呢？女人把性當成手段，卻不一定達成目的。你說女人多可憐，你們要的是形而下的性，我們要的卻是形而上的東西。多難啊。」

「我是愛妳的。」李旭儀說。

姜玉別過臉，「只有在床上你才會這樣說。」

「世界上哪有永恆不變的東西呢？」李旭儀問。

姜玉避開他柔情的眼神：「我覺得我們需要更多精神上的交合。」

李旭儀將手從她身上移開：「什麼是『精神上的交合』？我不懂妳的意思。」

「你這麼聰明，怎麼會不懂？」

李旭儀沒有回答，從床上爬起來，姜玉看不見他的表情，她不知道他的沉默意味著什麼。

此刻是下午三點，慵懶的陽光透過窗外溢散進屋子裡，沒有任何聲音的房間裡填充著他們兩人的無言以對。

那是比震耳欲聾的喧嘩還要讓人難以忍受的寧靜。

姜玉突然後悔了，也許她不該開啟這場對話。

什麼形而上的東西，連她自己都說不清楚那東西是什麼。

精神上的交合？該死。她不該這樣說的。

她伸出手撫摸李旭儀的背：「陪我去頂樓吹吹風。」

他唔的一聲，聽起來像悶在嘴裡說出來似的，不情願的妥協。

姜玉穿起衣服，從冰箱裡拿出兩罐啤酒。

李旭儀跟在她的身後，走上頂樓的樓梯，他們之間沒有半句對話。

姜玉時而回頭看他，他刻意地避免和她的視線相對。

這是李旭儀表示生氣的方法。

在頂樓上，他們爬上梯子，坐在水塔旁，眺望整座台北。

午後的風吹來，有股稻米蒸熟的氣味。

姜玉開了瓶啤酒，遞給李旭儀。

她輕輕地抿了一口酒，午後的風很舒服。

「我最近也有在讀小說哦。」

「讀什麼？」李旭儀說。

「《挪威的森林》，現在好像小綠彈著吉他的那個下午。」姜玉說，喝了一口啤酒。

「為什麼昨天晚上要去酒吧？」

「你還在意嗎？」

「我只是想知道。」

姜玉又喝了一口啤酒，不停歇的微風徐徐吹來。好放鬆的午後，彷彿什麼話都可以說似的。

她開口了：「我希望你對我多一點注意。」

李旭儀笑了：「就因為這樣？」

「很蠢對吧？」姜玉說。

「的確不是一個明智的做法。」他說。

「我想知道你到底愛不愛我。」姜玉看著他問。

李旭儀望向遠方說：「我曾經在書上看過一句話，忘記具體的句子是什麼了。總之是說，愛情是兩個隨著時間改變的人，仍然堅守當初的決定。」

「嗯？然後呢？」姜玉問。

「問題是，既然人是不停改變的狀態，怎麼能確定愛情就會一直保有當初的那個模樣呢？」李旭儀說。

「既然無法確定，又怎麼知道它是存在的。」李旭儀將所剩不多的啤酒一飲而盡，「我愛妳，可能只有一下子，但我愛過妳的事實不會改變。」

她看著他：「我只是想要簡簡單單的幸福。你能真心愛我，我也為你獻上我的全部。儘管愛情到最後可能會變得面目全非，我們也曾經愛得死去活來。而不是這樣，愛的不明不白的。」

李旭儀看著遠方：「我覺得這樣的關係很好。沒有什麼不好。」

「我們現在到底是什麼關係？」姜玉反問。

李旭儀笑了：「這要看妳怎麼定義。」

又來了，他那副優雅的笑容，又把問題的原委推給她。

他又可以高高在上的任憑她歇斯底里，自己卻能隔岸觀火。

「我們連男女朋友都不算嗎？」姜玉。

「我不喜歡被束縛。」李旭儀說，避開她的視線，繼續看向未知的遠方。

「呵，我愛上了一個不喜歡被束縛的男人。」姜玉也將啤酒一飲而盡。

他們沒再說話。

不知道過了多久，她輕輕靠在他的肩膀上，哼著Beatles的〈hey jude〉。

她感到前所未有的恥辱。

這是一種討好。一種求饒。

他不愛她。

她卻小鳥依人般地靠在他的肩上。

她輸了。

感情中愛的最多的人注定要輸的。

先前讓李旭儀吃醋的勝利感，此刻變成深深的侮辱與羞恥，讓她忍不住落下眼淚來。

李旭儀沒有說話，她忍住哽咽，在眼淚滴下去之前趕緊擦去。

一面依偎著，一面哭泣。

她為自己的矛盾感到可悲，卻無法怪罪在李旭儀身上。

什麼愛恨分明，她愛他，卻無法恨他。

恨的都是無關乎李旭儀的，她恨自己，恨這個世界。

恨她無法從李旭儀的肩膀上抽身。

恨她無法停止奪眶而出的眼淚。

她恨——她愛他。

八月，台北的天空變得晴朗。由於位處盆地的緣故，變得炙熱難耐。除卻陰雨綿綿的季節，晴朗的天空底下卻酷熱難擋，住在這座城市裡的人多半躲在冷氣房裡，不願出門。

也許台北人不適合大自然，無論下雨、無論天晴，都窩居在鋼筋水泥建築裡。

所以彼此才變得如此疏遠嗎？

張偉峰望著窗外，陽光燦亮地灑落在街道上，成排的楓樹青綠的隨風搖曳，他從沒注意過夏季的楓葉，竟是這樣充滿活力，沒有一絲一毫秋色，頓感季節遞嬗的美妙。

他抱著一把木吉他，勤快地練習李宗盛的歌。

自從國中畢業之後，就沒再彈過了。

他將弦換過，花了些時間調音，手指雖然不如以往靈敏，但是記憶感仍舊清楚。

隨意地彈了幾個和弦，就著譜練習起來。

愛一個人是一件投資報酬率極低的事情，彷彿把全世界都交給她捧在手裡，將一生的時間都託付予她，心甘情願地任人擺佈，卻不知道哪一天這個世界會被摧毀在那一雙手中。

如果相愛倒是無妨，你捧著她的全世界，她握有你的一生，互有籌碼，各自都有談判的餘地。

只是哪一天某個人想出局，你卻未必能脫身。

痛苦的來源就在於此。

諷刺的是，往往痛到深處才能顯現愛的深度。

張偉峰一面彈著吉他，隨著旋律哼著歌。

第一次看到姜玉。

第一次和她約會。

她的笑、她的哀愁、她的惱怒。

都深深刻在他的腦海裡。

我初初見妳，
人群中獨自美麗，
妳彷彿有一種魔力，那一刻我竟然無法言語……
我是真的愛妳。

他望著窗外，一片葉子從枝枒上吹落，隨著風輕輕地飄浮、落地。

等待是件漫長又孤獨的路。

他將吉他仍在一旁，躺在床上，度日如年的有事無事，恍然若夢。

他想著姜玉。

如果她只是過客的旅人，但願他是冬夜裡的一把火。

如果她只是一閃即逝的流星，但願他是情人的承諾。

如果她只是隨風而去的樹葉，但願他是等待她落地生根的土壤。

如果她是眼淚，但願他是承受悲傷的記憶。

晴朗的午後，虛度光陰的相思，總是這樣叫人難以忍受。

那天下午和李旭儀道別後，姜玉和李旭儀就沒有聯繫了。

對姜玉來說，這好像一場夢一樣。

有時候真不知道這是一場美好到不願意醒過來的美夢，還是一場想醒卻醒不過來的噩夢。

八月，這座晴朗的城市時有的雷陣雨，總讓人感到心驚。

卻又來的快，去的也快。

道是無晴卻有晴？呵。

中午從中正紀念堂搭捷運紅線到北投，在北投站轉車，搭到新北投捷運站。

往新北投的車廂很特別，濃濃的復古色調，有些座位前放著橡木桶。

車廂中間的仿金畫框中放著舊時新北投車站的動畫。是溫泉地的古老歷史吧。

她想起一則在網路上的廣告，場景就是在這列車廂上拍的。廣告台詞說：「真愛的第一個徵兆，在男孩身上是膽怯，在女孩身上是大膽」。

女人在下一站要下車了，用言語暗示男人留住她。

男人遲遲不下決定，女人只好趁下車前搶走他的包包，讓他跟她一起下車。

可是新北投只到北投一站，兩人無論如何都得一起下車的。

呵，看似美好的浪漫背後卻藏著不欲人知的謊言。

姜玉在這段感情中的勇敢使她負傷累累，而李旭儀的膽怯卻保護了他自己。

如果真愛是這個樣子，也未免太悲哀了。

女人是為了什麼勇敢？而男人又為了什麼而懦弱？

其實都是自私的啊。

出了捷運站，姜玉沿著地熱谷的方向走去，長長的緩坡旁有一幢獨特的木造建築物。再往上走去，一座日式和房映入眼簾。

房子旁邊的大樹，只有稀稀疏疏幾片葉子，遮不住陽光罩頂，她擦了擦汗涔涔的臉頰。

濕黏的溽暑已經來臨，人與人之間的關係也可能因此而變得直接而粗暴。

也許她和李旭儀的摩擦，是因為夏天的來臨吧。

她走進地熱谷的大門，白茫茫的蒸氣接踵而來，在炎熱的夏季裡，來參觀高溫的地熱泉絕對不是一件讓人舒服的事情，但是觀光客仍然絡繹不絕。

她只駐足了一會兒，就緩步走下斜坡了。

從新北投車站坐回北投，再從北投轉車到淡水。

她漫無目的地悠晃，彷彿如此生活就能回到最初的那個模樣。

一切無憂無慮，儘管總有人嘲笑她的身材。

那時候的她還保有著對愛情美好的想像，嚮往純粹的愛情。

並且認為那一定存在。

車窗外的風景象一幅幅飛快逝去的風景畫。

窗外望去，是一片灰白的天空。

淡水總是陰鬱的。

它只適合夜晚。

電影裡承載遠方神明的船，是這樣的一條河，這樣的彼岸。

可惜電影裡是美好的，現實的彼岸是市儈的。

就像電影裡的愛情讓人陶醉，就連做愛都能變得哲學。

而現實裡，那些無法逃避的因子讓愛情變得俗世。

姜玉沿著河堤散步。

河水來回拍打岸邊的聲音輕輕刮在耳邊。

她想起李旭儀喜歡海，海很遼闊，海是蔚藍無垠的烏托邦。

他說起海的神情像未經人世的小孩，眼中閃爍浪漫美好的光芒。

李旭儀看過陰天的海嗎？

面對陰天的海像和有暴力傾向的情人獨處。

無時無刻都害怕被吞噬。

李旭儀戀棧著海的美好，卻沒看見海的另外一面。

噢，因為他就代表著那一面啊。

姜玉好像想通了似的，彷彿醍醐灌頂。

站在黑暗裡的人，放眼望去都是明亮的，殊不知把黑暗帶來的，正是自己。

她在堤防上坐下，堤防前設置的鐵欄杆，好像生怕人隨時都會跳下去似的。

她將腳放在欄杆上，抱著膝。

堤岸前的鋪石人行道上，姜玉瞥見一位老人推著輪椅，輪椅上的老奶奶四目相闔，上半身被帶子固定住，彷彿如果不這樣做，她整個人就會失去倚靠往前傾倒。

輪椅停在姜玉身旁，老爺爺小心地解開固定在老奶奶身上的帶子，吃力地將她從輪椅上攙扶到堤防上，接著讓老奶奶像沒有靈魂的肉體倚靠在他身上。

姜玉靜靜地看著他們。

老爺爺手指著對岸，和老奶奶描述那裡的風景。

他細細的呢喃讓姜玉不禁遐想，如果李旭儀也能這樣，對她說著小說裡的故事，那些文學裡的生命，文學裡的淒涼，文學裡的一切，該是多麼美好的事情。

他貪戀和她在床上的時光，而她更想和他分享床上以外的所有。

這註定了他們的悲哀。

過了許久，老爺爺打算將老奶奶扶回輪椅上，卻遇到了困難。

姜玉見狀，立刻起身過去幫忙。

老爺爺充滿歉意地對她道謝。

儘管吃力，他仍然那樣溫柔。

這就是愛情啊。這才是真正的愛情。

任由時光荏苒、歲月顛沛，也緊守不放。

原來越是平凡的東西越珍貴，長流的總是細水，不是江河，她到現在才明白。

她目送老爺爺推著輪椅的背影，突然羨慕褪去年華以後緊密的依存。

一陣心慌的冰涼，點點雨滴穿過樹梢打在她的臉上。

不久雨勢便大了起來，從無傷大雅的小雨倏忽變成驚雷的滂沱大雨。

好久沒淋雨了，她想，但願這場雨能將她的悲傷洗盡。

大三的期末考結束後，姜玉將行李打包好，準備回台南老家。

沒想到李旭儀在這個時候打電話過來。

起初接到電話的時候有些意外，最後還是接起來了。

這個男人總是無法讓她拒絕。

冤孽。

最後李旭儀騎著機車，載她到海邊。

一路上他們沒有說話，姜玉坐在後座，手握著後面的把柄，作為賭氣的宣告。

長長的一條觀海路上，沒有半點人車，佇立在安全島的路燈一路綿延到遠方，襯著藍天的背景，好像這條路永遠走不完似的。

一間小小的收費站為這條漫長的路畫下終點，他們從汽車道旁的小徑穿越過去，李旭儀停好車，姜玉沒看見哪裡有海，只有一片荒煙蔓草的淒涼。

「這是哪裡？」她問。

「等一下你就知道了。」李旭儀摘下安全帽，從機車後座拿出一手啤酒。

雜草叢生的路旁有一條非常隱密的小徑，如果沒有仔細觀察，幾乎不會發現。

李旭儀領著姜玉走進去，小徑上每隔一段距離就鋪著一塊石磚，似乎經年累月沒有人行經，石磚上漫布著青苔。

往小徑深處走去，一座小巧的木橋跨越水溝的兩側。

再走下去，往兩側蓋過人身的雜草叢深處轉彎，一面大海便映入眼簾。

她不得不想起陶淵明的〈桃花源記〉。

初極狹，纔通人；復行數十步，豁然開朗。

正當這樣想時，李旭儀開口了：「像桃花源吧？」

他總是在她還沒開口前就知道她在想什麼。

但是最重要的為什麼卻不懂呢？

也許不是，他根本不願意理解，就算理解，也不願意坦誠。

聰明如他，對於裝傻這項爐火純青。

他不是愛情捕手，沒有義務接下她的球，他任性地隨時可以走開。

留下她一個人收拾殘局。

他們沿著蜿蜒的海岸線散步，泡在海水裡的砂子踩上去有一股綿密的觸感。

姜玉突然想到什麼似的，回頭問李旭儀：「你還記得你跟我說過迷迭香的別稱嗎？」

李旭儀點了點頭，海風將他的頭髮吹往一邊，他瞇著眼睛，有股滑稽的喜感。

他真是個可愛的男人。

「那你知道迷迭香的花語嗎？逝去憂傷的回憶，你給我的承諾我不會忘記，請你永遠記得我，思念我。」

李旭儀笑了：「什麼承諾？」

他們坐在沙灘上，天氣並不好，遠方的天空烏雲密布，好像那裡會發生什麼災難似的，伴隨著轟轟的濤聲，彷彿連海都要風雲變色。

海風逐漸變得暴烈，吹在他們身上，衣服被吹得變形，像瘋狂搖曳的旗幟，發出啵啵的聲音。

李旭儀打開啤酒，遞給她，自己也開了一瓶。

「敬暑假。」他將啤酒舉在半空中，等待姜玉敲杯。

姜玉沒有舉起來，尷尬地笑了笑。

她沒有興致想要敬致什麼，也不明白李旭儀的用意，更不明白他不明白自己的心情。

他們之間的問題還沒解決，而他每次都想裝作若無其事的打混過去。

「我們還有話還沒說開。」姜玉說。

李旭儀轉過身去，看著那片大海。

「我曾經做過一個夢。」他看向她，確定姜玉在聽他說話。

「夢裡我走到了一個小房間，那裡放著好多好多的書。書桌前坐著一個人，背對我。他說，他會讓我成為我夢想中的作家。只要我願意，房間裡的書都會是我未來的作品。只是我需要付出一項東西作為交換。」

「嗯？」姜玉問。

「我的愛情。我答應的時候幾乎沒有半點猶豫。」李旭儀自嘲地笑了。

他在笑她，笑姜玉愛上一個無情的人還不自知，像個求奶的嬰兒哭著求他，才發現根本沒有必要索問是否真心。

對於一個無情的人來說，真心和辜負，是沒有差別的。

等到厭了倦了，自然可以揮一揮衣袖，不帶走一片雲彩。

「你帶我來這裡就為了說這個？」

李旭儀搖了搖頭，「我想帶你來看海，天氣預報今天會下豪大雨。」

「什麼意思？」姜玉暗暗感到心驚。

「我不希望妳以為，海是溫馴的動物，只供人做風景。」

李旭儀繼續喝著酒，海水漸漸漲潮，遠方開始響起雷聲：「面對海的另外一面，是需要勇氣的。不能光憑想像。」

他轉過身去面向她，一副勝利者的優雅的微笑。

優雅是留給高高在上的人，無論愛情人生都如一。

只有愛情裡的勝利者才能帶著優雅的姿態轉身。

那天回去後，姜玉坐在房間裡，反覆咀嚼李旭儀說的話。

已接近傍晚，窗外的斜陽漸漸隱沒下去，取而代之的是灰白色的弱光。

就像謝幕劇逐漸隱沒的光暈，她陷在房間中一半的光亮，另一半獻給黑暗。

那照亮她的微光漸漸隨著夕陽西下而隱去。

再不久，黑暗就要取而代之，席捲整個房間。

正如她的心。

我不希望妳以為，海是溫馴的動物，只供人做風景。

她誤認了他的天真，卻嘗到了他的殘忍。

「學姊，我想說……我覺得妳很漂亮。」

二十年來被嘲笑的人生，面對著鏡子裡的自卑，隱藏在人與人之間無意的有意的嘲諷，細如刀鋒、輕如絲綢，那無以為繼的難堪。

一輩子都活在言談間供人茶餘飯後的笑料。

這世界很溫柔，但是人太殘忍，互相傷害是和平時代裡發洩人類鬥爭本能最便捷的方式。

否則人活著真是百無聊賴，於是不符合時代審美觀的人都一一成為犧牲者。

我是這樣子活過來的啊。

不管在哪裡、小學的新班級、國中的新班級、大學他媽的新班級。

每到一個陌生的環境，團體就會開始分裂，優勝劣敗。

演化論真偉大，她就是劣者、敗者。

等待被淘汰的一個物種。

羞恥的外衣被這個人的出現，一句俗不可耐的話打碎。

蛻變，成為一個新生的人。

她終於下定決心要成為一個全新的人去迎接他的愛情。

「其實人，都是被情慾牽引著的動物啊。」

啊，原來如此。我忘了，旭儀寶貝。

你好早好早就說過了。

我們的相遇只是因為你的需要。

我的存在只為了幫你弄出來。

什麼精神愛情，太天真了，姜玉妳天真的可悲。

那為什麼要這樣對我說呢？

「那裡很美，在花季的時候，滿滿的薰衣草。也許有一天我可以帶妳去。」

原來這不是暗示，不是包藏在話語裡美好的情詩。

只是打發人的小費。

都是騙人的，騙人的騙人的騙人的騙人的。

「也許心碎是認識這個世界的最佳途徑吧。」他說。

夜晚的黑暗籠罩了整個房間，姜玉感到一片茫然。

窗外傳來車聲和人聲，從窗外望出去，她只覺得自己被圍困在世界的邊緣，分不清東西南北，她是被鎖在世界之外的放逐者。

審美的犧牲品，笑料的來源。

笑話，就是笑話，我就是個笑話。

交給李旭儀的世界被狠狠捏碎。

她無處藏身。

裸裎的四肢交疊在廉價的彈簧床上，呻吟與擠壓床墊的喀吱聲混合在一起，匯流成一曲靡靡之音。

從規律到混亂，合拍、荒腔走板、到最後到達高點的巔峰。

像一首歌曲的高音衝上天際。

生命的泉源噴射而盡。

兩具赤裸裸的身子癱在橘黃色燈光的小房間。

「你今天好不一樣。」棠芯摸著李旭儀的頭髮，看他像個小孩似的萎縮在她的乳房上，突然有股母性的溫柔讓她對他產生了憐憫之情。

「太久沒做了。」他的嘴唇擠壓著她的身體說話，有些模糊不清。

棠芯自嘲地笑了：「不是有姜玉嗎？」

「那個女孩叫姜玉沒錯吧？」她再次確認。

「別提了。」李旭儀說，掙扎地起身，胸前的毛細孔上滲著汗珠。

「小倆口吵架？」她問。

「我實際上沒有跟她在一起過。那都只是她一廂情願而已。」

「你果然還是沒聽我的話。」

李旭儀沒有回話，站在梳妝台前梳著頭髮。

他看起來神清氣爽，好像擺脫了什麼而變得輕盈起來。

「你可能會毀了她。」

李旭儀看著鏡子，將頭髮的分際線梳理清楚：「我從來沒有對她說過任何一句甜言蜜語，甚至承諾。怎麼能算的上負心呢？」

棠芯笑了：「我們這個時代的人還懂得承諾嗎？」

「哼，我們這個時代的人哪需要什麼承諾。」

「需要一種『明文規定』啊。一種把一切都說得清清楚楚的唯一原則。」

「怎麼可能呢，」李旭儀繼續整理頭髮，「當你擁有無盡的選擇，就代表沒有選擇。沒有選擇的世代就是一場糊塗。」

「你的現況就是一場糊塗。」棠芯反駁道。

李旭儀擺了擺手：「我是典型的時代青年，嗯？」

棠芯沒有繼續辯駁，她伸出手：「給我一根菸。」

李旭儀拾起散落在地上的褲子，掏了掏口袋，將手機拿出來放在鏡子前的梳妝台上，塞在裡頭的軟盒皺成一團，他撥開鋁箔紙，從裡頭拈起一根菸。

棠芯將香菸啣在嘴裡，正要從李旭儀手中接過打火機。

房間突然嗡嗡作響，聲音劇烈地像要把房間震破。

「空襲警報」。

棠芯從床上跳了起來：「有條子，快走！」

李旭儀匆促地穿起衣服褲子，從後門逃開。

「喂，你的手機……」棠芯對著破門而出的李旭儀喊道，他沒有聽見，早已消失在門後。

天空泛起魚肚白的光亮，滲入窗裡形成一股清晨特有的寧靜。

姜玉一整晚沒有闔眼。

她驀地從深思中清醒過來。

臉中掛著兩行清淚，連自己都沒有發現。

到浴室裡洗了洗臉，做些簡單的盥洗。

面對整齊排列在牆沿的行李，她已經做好決定，想要做最後一搏的決心。

她想要將一切都攤在陽光底下，不偏不倚地和他坦白。

這一切她都知道，他們沒有必要再用暗示性的言語對抗。

她想賴著他，儘管只有性慾的成分，她只要能把握短暫時光的擁有，就已心滿意足。

哪怕只是耳鬢廝磨的時候他願意施捨她一點點愛情。

哪怕只有在床上，她只能短暫擁有他。

她相信只要奮鬥到最後一刻，勝利終究會站在她這邊。

她想要做長久的消耗戰，突然升起美麗的幻想：如果有天李旭儀老了，老到都走不動，她就擁有在他身旁為他打理一切的權力。

性愛是敵不過歲月的沖洗的，一切都要回歸最初的相依。

一起邁向衰老，當他再也無法勃起，他就完全屬於她的了。這樣的結果豈不是兩全其美？

她為這個折衷的辦法感到滿意。

早晨照射進屋子裡的充沛陽光讓她生出無限信心。

她拿起手機，撥出熟悉的號碼。

前途一片光明。

手機出乎意料地不出幾秒便接通了，這肯定是個良好的預兆。

「李旭儀，我想清楚了。我們可以出來聊聊嗎？」

聲音被另外一頭的沉默吸收進去，沒有回應。

「李旭儀？」

「妳是姜玉嗎？」棠芯開口。

——為什麼是女人的聲音？

「妳是誰？」姜玉問。

「妳應該是姜玉吧。」

「妳到底是誰？」

電話那一頭靜默了幾秒，「我是他女朋友。」

這句話沒有前兆地擊中姜玉的心。

她失神地放下手機，兩隻手垂著，像失去力氣支撐身體的癌症患者。

她飛快地擦去眼淚，但是眼淚一滴、兩滴，突然變成沒有轉圜餘地的滂沱大雨。

她挨在地板上放聲痛哭。

窗外的明亮陽光變成一道深刻的嘲諷。

熱辣辣地重擊在她臉上。

第七章　臣服

如果張偉峰肯在她面前低頭，那麼姜玉就放心了。

她要一個永遠臣服於她的男人。

您撥的電話將轉接到語音信箱，嘟聲後開始計費……

這是張偉峰打給姜玉的第七通電話，仍舊沒有人接。

原本想趁姜玉暑假回台南之前，和她出去吃一頓飯，現在卻遲遲無法聯絡到她。

「會不會發生什麼事情？」他感到心急。

嘟——嘟——嘟

漫長的機械聲讓他感到前所未有的焦躁。

像一座熱鍋裡的鐘，在等待的時間裡沸騰。

他彷彿可以從氤氳的熱氣裡望見多年前母親離開家裡的背影，和從此再也打不通的那組號碼。

嘟——嘟——

她關上家門，從此世界就暗下來了。

直到姜玉出現，她彷彿帶來了那道光。

他敏銳地察覺到她眼裡的孤獨。

那份孤獨，同是淪落天涯的孤楚，彷彿是他遺落多年的拼圖。

嘟——嘟——

機械式的聲音反覆著。

成為阻絕他們之間的一道高牆，牆上漆滿混亂且極度不安的臆想。

那終於可以圓滿他生命缺角的人，會不會在一轉眼間又消失無蹤？

他的心懸在高空像懼高症者，看著遙遠的地面而感到手腳冰冷的恐懼。

——您撥的電話將轉接至語音信箱。

一瞬間重重跌落，每一通無法到達的電話，都是他心裡的傷。

張偉峰從同學之間輾轉問到姜玉的住處。

五樓，他站在姜玉的房門口，再三確認門牌。

他敲了敲門，沒有回應。

他將頭側在門邊，按了一下門鈴，裡面一點動靜也沒有。

「姜玉——」他敲了敲門，又按了幾下門鈴，彷彿這樣做就可以得到他預期的結果。

那道門依然沒有動靜。

他不甘心，重重地捶了幾次門：「姜玉——我是張偉峰，妳在嗎？開門——。」

隔壁的門打開了，一個年紀約莫三十歲上下的女人探出頭來。

「你找姜玉嗎？」

張偉峰點了點頭：「請問妳知道她去哪裡嗎？」

「你是？」女人問。

「我是她大學同學。」

「噢，她早上拎著行李走了，說是要回台南過暑假。」

「這樣啊。」他說。

「我知道了，謝謝妳。」

張偉峰向鄰居道了謝，便悻悻然地走出姜玉的公寓。

他抬頭看著天空，兩側的高樓將天空夾成一條長長的、藍色的走道，彷彿他可以沿著那條天藍直達姜玉的地方。

她就這樣離開台北了，就連告別都沒有留下，他感到莫名的失落。

沒有她的城市是這樣單薄，連同陽光也失去明度，藍天也遁形失色。

像站在廢棄車站的月台，卻遲遲等不到列車那般。

原來思念是如此，把你的全世界，都用來為她餞行，好自私地揣想擠進她的記憶裡，佔有舉足輕重的地位。

人又怎麼能不帶走一片雲彩。

至少姜玉已經將他帶走了，只是她不曉得。

瀟灑只是自欺欺人的美好謊言，唯有羈絆是實質的。

她就這樣二話不說的離開了，沒有留下任何訊息。

姜玉的影子在張偉峰心底積成纍纍巨石，沉甸甸地壓在他心上、他的腦海裡、他的呼吸之間……

站在台北車站地下月台邊，沉悶地空氣中飄散著刺鼻的氣味。

姜玉拎著行李，望著深不見底的隧道口，闃暗的如同她此刻的心。

不，不對，不能這樣形容。

李旭儀一定會說這樣的譬喻太平凡。

張愛玲說過：「通往女人的心的路，是陰道。」

她想，李旭儀肯定熟悉此道，才能這樣輕易帶走她的心。

她的性器再也不是單單純純的，用來做愛或繁衍。

那裡有李旭儀留下的東西，他們曾經耳鬢廝磨、合而為一的證據。

但是現在，那裡已逐漸荒蕪，顯得深邃、狹長而空洞。

只剩下紀念品般銘記的性質。

她再也無法輕易讓人從此徑走過。

她寧可守著，抱守殘缺的廝守。

一陣冷風迎面而來，熾烈的燈光隨著列車轟轟的引擎聲自黑暗的隧道馳來，她看著巨大的車燈，彷彿這班車可以將她載往美好的年代。

美好愛情還被堅守、珍藏的年代。

性愛還沒被理所當然地成為消耗品的年代。

姜玉拖著行李上車，仔細對了車票上的號碼，接著吃力地將行李搬到置物架上，在座位上坐定。

終於要離開這座城市了，她想。

火車啟動了，窗景緩緩向後迤邐，越來越快、越來越快。接著幾乎是飛逝而過，若沒有車體本身時而的震動，她反而有種這座城市在移動的錯覺。

姜玉打開手機，突然驚覺於好幾十通未接來電的訊息。

——是李旭儀嗎？

短短的一瞬間她幾乎喜形於色。

她仍然對這段感情存有希望，期待一絲重見光明的希冀。

直到發現是張偉峰，她的眼神一下子黯淡了下來。

亙古不變的序列呵，心動的人總有先後順序。

誰讓誰心動，誰又對誰動了心。

也許都是註定好的。

列車已經駛離城市的中心，窗景漸漸充滿稻田的青綠。

偶有幾座顏色灰沉、由鐵皮搭建的農舍，佇立在廣闊的田園中央。

她突然感到放鬆，像洩了氣的皮球。

終於可以好好的睡上一覺了。

八月的午後雷陣雨，像一場遲來的眼淚。

積累了整個夏日，來的時候無聲，去的時候無息，倔強的承受整個夏季，卻又不欲人知。

李旭儀將酒倒了一半，再加些汽水。

不無小補的gin&tonic。

唯有如此，他才能正視螢幕上空洞的文字，寫些連自己都嗤之以鼻的情節。

長的儀表堂堂、風度翩翩又有才華的男孩，遇上一個娉婷秀麗、氣質脫俗，擁有十八歲小小的少女心機的女孩，在某些彷彿命中注定的場合，擁有某些命中注定的相遇情節。

嘩！郎才女貌。

在這一類的羅曼史中，他們只需要談戀愛，只需要承擔關於愛情無關痛癢的種種煩惱。

沒有柴米油鹽醬醋茶，就連愛與恨都像黑與白那般分明。

情感的維度被壓縮成一張紙，非愛即恨。

沒有情感層次的主角，只要加些風花雪月的對白，夢幻到不能再夢幻的情節，人們就會買單。

這就是編輯嘴中的「在商言商」。

言情小說在他們商業眼光的角度裡看來就是讀者解脫世俗苦惱的一帖良藥。

在李旭儀手裡卻是欺世盜名的謊言。

在星光燦爛的黑夜的海邊。

「嗯，不太好。」他將這句話刪掉。

在一個很平凡的夏天午後，
那天的陽光剛剛好，
暖烘烘地照在她的臉上。
從男孩的角度望過去，她像古希臘畫裡的謬思女神，
所有的光線都聚焦在她身上，
純潔的容不下一絲一毫缺點的玷汙。
他望著她，那一個寧靜的時刻彷彿帶有啟示，
咻——，邱比特的箭刺穿了他的心。
在他的心裡，愛意已經悄悄萌芽。

「幹。」李旭儀看著出自手中的文字，戲謔地嘲笑。他乾了杯裡的酒，又馬上添滿。點根菸，菸霧從他嘴裡和鼻腔裡散漫出來。

他繼續憤世嫉俗地敲打鍵盤，一面撰寫，一面自嘲地自言自語。

「這種事情怎麼可能會發生呢？沒有缺點的人，遇上一個完美的人，談一段永遠的戀愛。一旦過了兩小無猜的年紀，愛的本質背後往往會牽扯著利益的計算啊。」

他吸了一口菸，對著螢幕繼續自言自語。叼著菸讓他說話的聲音顯得模糊，卻帶有老練的滄桑。

「人生才不可能這麼簡單。男人往往搞不清楚他是愛這個女人才和她交往，還是只是想要和她上床。女人也搞不清楚是愛男人的薪水還是愛男人。二十一世紀的人往往還沒弄清楚什麼是愛就先把一切都搞砸了。」

他挑了挑菸灰。

「所以愛情就像速食一樣，看上了就吃，不適合就丟。愛情的結合背後精打細算的政治行為，已經讓整個世代的人都崩壞了。喲，崩世代，太棒的形容詞了。可是你們卻不願意承認。」

他頓了頓。

「所以只願意花個一兩百塊，買這些垃圾來說服自己。相信愛情，狗屁！媽的。去你媽的愛情。你們都不願意承認，啊，只能從小說裡面說服自己，只敢躲在這些狗屁的羅曼史裡面自瀆。」

他笑了，將菸蒂捻熄。喝了口酒。

望著螢幕上的狗血情節，比了個中指：「去你媽的『在商言商』！」

李旭儀揉了揉太陽穴，酒精在身體裡發揮了作用，讓他腦袋感到十分沉重。

藉著酒精，他開始允許自己肆無忌憚地自言自語。

他倒在椅背上，仰望著空白的天花板。

「要是人生就像言情小說就好了。一切都變得很單純又美好。不用擔心永遠薪水不夠花，房租繳不出去，只管談戀愛，好像談戀愛就是人生的全部。如果是這樣的話，人生一定會更美好啊。哈，你們都不敢承認，一群膽小鬼……」

如果妳長得不夠漂亮的話，我會愛上妳嗎？

李旭儀將這句話刪掉，他想起了姜玉。

如果姜玉的肩膀再細一些，骨架再小一些，臉的輪廓再標緻一些，他會不會願意真的在乎她除了床上以外的事情？

也許會，他會因為她變得更漂亮而開始殷勤起來。

開始跟她談談關於人生、關於一切。

假裝正經的聊些正事。

可惜她不是，她是這個時代美的標準之下邊緣的人。

所以能引起他注意的只有她豐腴的身體。

那樣的女人會有人愛嗎？（排除掉性慾以外的那種純粹的感情）

他竟有些同情起她了，姜玉在床上忸怩作態的神情在他腦海裡浮現。

但隨即又被她索問「你到底愛不愛我」這種智障問題時的可恨表情給沖散。

愛這種東西，一旦說清楚講明白，就會變得很複雜。

媽的，怎麼可能啊。妳也不去照照鏡子。

在某種意義上就完全變質了。

為什麼她也不明白也搞不懂呢？

一起裝傻，想要的時候上上床，說些心照不宣的情話，然後一起過個美好的周末夜晚，任憑情慾行動，

不是一樁美事嗎？

為什麼要把一切都攤在陽光下呢？

那樣太不堪了，姜玉，妳不只長成這樣，也不夠聰明。

真可惜。

不然她是個很配合的好女孩啊。

棠芯已經跟他說了。

女朋友，他聽到的時候都笑了。

他還在苦惱怎麼切斷這段不好收尾的關係，就有人出手幫忙了。

李旭儀聽到棠芯說的時候感到如釋重負，她幫他放上壓死姜玉的最後一根稻草。

樂見其成，天公作美。何樂而不為？

他有些醉了。

其實，他對姜玉還是有些惋惜的，如果她聰明一點，弄清楚他背後的目的，弄清楚他做了這麼多只是為了包裝，那他們可以很愉快的。

她不明白，她始終沒弄清楚，即使她涎著臉向他要求什麼真愛，他只會像看到路邊的野狗一樣把她一腳踢開。

他能想像當姜玉從電話裡聽到棠芯的聲音。

她一定很錯愕，怎麼會是女人接的？

然後棠芯說了：「我是他女朋友。」

哈哈哈，太絕了，想不到棠芯還有這一招。

她現在肯定每天以淚洗面，像世界上數以萬計的失戀的人一樣，為了根本不愛他們的人做些傻事。

那些人真可悲，以為愛情就是生命的全部，愛情怎麼可能偉大到成為生命的全部？

這些人真他媽的可悲，靠。

李旭儀是打算不再和姜玉見面了，即使在路上相遇，也會裝作不認識。

放在道德的尺度上，他是不折不扣的渣男，但是現實人生才沒這麼好混，看看姜玉的那個樣子，全世界都會為他擺脫一個恐龍而喝采。普天同慶。

這就是你們跑到言情小說裡自慰的原因？

歡迎來到現實人生，可愛的愛情遊戲。

火車到了台南，姜玉揉了揉惺忪的眼睛。

明亮的陽光從窗外流溢進來，五個多小時的車程，再次睜開眼竟有恍如隔世之感。

她終於回到台南這個充滿陽光的國境之南。

這個地方再沒有台北的陰鬱與哀愁，沒有連日的陰雨綿綿與冷風。

步出車廂，她佇立在月台上，迎著陽光，整個人好像脫胎換骨似的。

儘管李旭儀的事情仍在她心底不經意地觸到痛處。

她也要試著對自己展開笑容。

情傷最恐怖的地方莫過於它寄生一般的存在：

你沒辦法一了百了，沒辦法給自己一槍痛快。只能帶著流血的傷口繼續生活，卻難保那隱密的傷口不會在出乎意料的時刻在你心裡挖出更大的坑洞。

又像是時鐘，每到了一個時刻就提醒你它的存在。

有時候你以為好了、痊癒了、自由了，它卻又在夜深人靜的時候找上門來，讓你頓時慌張得手足無措。

又或者，它就在你心裡種下了病根，成了一輩子也治癒不了的隱患。

行經保安路上，人潮在橫亙天際的宏偉白色博物館建築物前聚集，但只止於此地，再往下走去，是一片荒涼的田原。一條筆直寬闊的道路從兩側荒原長驅直入，只有車子行經時颳起的聲音，又隨即消失在空氣中，留下搖曳的荒草更顯得孤寂。

姜玉拖著行李走在水田中的小徑，小路的盡頭處是一棟紅磚底的透天厝，一樓門口停著一輛黑色休旅車和一台老舊的小50機車。

她突然有股近鄉情怯的感覺，黃昏的夕照撒在屋子臨窗的一側，顯得有些刺眼。她站在原地，遮著眼睛望著老家，空氣裡飄散著米糠味。

再走近些，米糠味被一股油煙味蓋過，熟悉的油香在她鼻腔裡漫成回憶的種種片段，指向十七歲的那一年。

白色的制服下黑色的百褶裙，她單肩揹著書包，揹著學測的壓力和大學的夢想，走在千篇一律的田間小徑，只要聞到那股油煙味，就能想像媽媽在廚房裡忙進忙出的樣子。

她當初怎麼捨得離開這個地方呢？

姜玉感到莫名地一陣鼻酸，她揩了揩眼淚，朝家門走去。

拉開毛玻璃大門，家裡的擺設依然沒變，但又感覺變了許多。

「我回來了。」

姜媽從廚房裡探出頭，一看見姜玉，眼睛立即燦爛起來：「玉，妳回來了。」

她兜著圍裙二話不說地朝她撲過去。

母女倆抱在一起。

「媽——」姜玉喊，她忍不住落下淚來。

姜媽抱著她，仔細端詳寶貝女兒全身上下：「怎麼回來也不跟媽說一聲，我好去車站接妳。」她擦去姜玉臉上的眼淚。

姜玉搖了搖頭，一眨眼又立即落下兩行清淚。

姜媽捧著她的臉，像捧著珍貴易碎的寶物。

姜玉的心頓時感到有了倚靠，儘管它已千瘡百孔。

晚上，姜玉將房間整理過一遍。

牆壁上尾崎豐的海報，角落一側因為失去黏性而蜷縮了起來。

認識尾崎豐這個人是因為高中看的一本愛情小說。

他唱的〈I love you〉，曾經陪伴她度過無數漫長的準備學測的夜晚。

她從抽屜裡拿出膠水，塗在捲縮起來的海報角落背面。

細心地沿著原處將海報壓實，被擠壓出的殘餘膠水沾染在她手上。

她下意識地將拇指與食指碰觸再分開，膠水的黏液垂掛在指尖。

她看著那條隨即欲斷的黏液，指腹感到濃稠的觸感。

熟悉的感覺湧上腦海裡，她彷彿聞到米湯的腥臭在她眼前揮發。

——李旭儀的精液。

她不禁啞然失神，膠水罐從手中滑落。

她頓了頓，將頭髮梳往耳後。

彎下腰去撿膠水罐，桌上的手機在這時候響起來了。

——張偉峰。

她猶豫了一下，還是把電話接起來。

「喂。」

「妳終於接電話了。」他說。

「嗯。」姜玉。

「為什麼都不接電話？」

「我……嗯……。沒事。」

電話裡聽得見張偉峰語重心長的嘆了一口氣。

「是不是發生什麼事情了？」

「沒有，」姜玉說，「我很好，沒事，不要想太多。」

「真的？妳知道我……」

「我要先去幫我媽跑腿，先這樣。」

「唔，好吧。」張偉峰無可奈何。

姜玉掛了電話。

她不是不知道張偉峰殷勤背後的別有用心。

只是這樣的用心對此刻的她而言是種困擾。

讓她感到無所適從。

要是李旭儀也有這樣的殷勤就好了。

這樣一切都完美無缺了。

她想，在愛情裡最普遍的遺憾就是——

妳愛的人和愛妳的人往往不是同一個人。

一陣敲門的聲音，姜媽端了盤水果走進來。

「我切了妳喜歡吃的芭樂。」姜媽說。

「謝謝媽。」

姜玉喜孜孜地拿起盤中的一塊水果，姜媽坐在床沿上，看著她吃水果的模樣。

「都快大四了，妳明年就要畢業了，時間過好快，媽也老了。」

姜玉將手放在她的手上安撫道：「怎麼會，在我心裡妳永遠二十八歲。」

姜媽笑了：「還記得那時候叫妳待在台南唸大學，離家裡近，吃住都在家裡，不用辛辛苦苦出去打工。誰知道妳讀了一年，就堅持要轉學到台北，我怎麼勸都勸不聽。那時候我還以為妳是不是認識什麼網友，乖女兒一下子轉了性，我都不認得了。」

姜玉心裡微微一酸：「想出去闖闖嘛，看看一個人生活是什麼樣，我總不能一直依賴妳啊。」

姜媽摸了摸姜玉的臉：「女兒真的長大了。恐怕再不久就要嫁人啦。」

姜玉別過臉去，心裡一片疙瘩。

姜媽察覺到她的神情：「最近發生怎麼事了？」

她笑了笑：「沒事。」

姜媽將放在她手上的那雙寶貝女兒的手握住：「妳當真以為媽看不出來？」

姜玉頓了頓，回過頭，眼淚奪眶而出：「媽……」

「乖，」姜媽拭去她臉上的眼淚，「有什麼心事，跟媽說。」

姜玉窩在她懷哭，想把她受到的委屈都傾洩而盡。

但是她卻無法開口，話哽在喉頭，一出聲就哽咽，只能抽抽噎噎的哭著。

想說什麼，但又能怎麼說呢？

她想到自己被李旭儀壓在下面曲意逢迎的浪樣，她跪在他下面像隻母狗。

想起這些，連她自己都厭惡起自己起來。

她要怎麼控訴這個男人？他們是兩情相悅的啊。

兩情相悅？她無法痛訴隱藏在情慾關係裡模糊的不對等。

女人啊，一旦雙腿掰開的過程中存在一絲一毫自願，就得將審判權拱手讓人，任人非議了。

真可悲，看看妳自己的樣子。

雙腿開開讓人幹，還有什麼話好說的。

都是妳犯賤。

一旦如此，是非對錯都流向唯一的源頭：

妳的雙腿是誰打開的？別人強迫的？還是妳自願的？是妳讓人有機可乘？

一旦問題歸結於此，那些有利於女人的證據都被忽略不計。

身而為女人，她無從伸張，歇斯底里的眼淚是她唯一的語言。

姜玉在姜媽的懷裡哭到累了，她像安撫孩子似的輕輕拍著她的背。

她抬起身，從桌上抽了一張面紙擤鼻涕。

為了解決尷尬無以為繼的時刻，她只能破涕為笑，好讓自己適才的哭泣變成少女小小的歇斯底里（無傷大雅的嚎啕大哭）。

「媽，如果愛妳的人和妳愛的人，只能從中選一個，妳會怎麼選？」

（只是這樣啊）年輕人的煩惱，姜媽的心裡稍稍放心了些。

她半開玩笑地說：「這個啊，不能是同一個人嗎？」

「如果是這樣，問題就很簡單了。」姜玉說。

姜媽沉吟了片刻，放在大腿上的手交疊在一起。她若有所思地說：「在遇見妳爸以前，我曾經很愛很愛一個男人。」

「嗯？」

她看著姜玉，繼續說：「那個人會吹口琴，他最喜歡吹鄧麗君的〈月亮代表我的心〉。是個很溫柔的男人。但最重要的是，我們之間只要一個眼神，他就能明白我在想什麼。」

「後來呢？」

姜媽低著頭，繼續娓娓道來：「他的家境不好，妳外婆說，門不當戶不對，叫我不要再和他來往。那段日子我哭得死去活來。後來我被送到台北唸書，那個時候不像現在有智慧型手機，台北和台南，好像隔一個世界一樣遠。」

「那你們就沒再聯絡了嗎？」

姜媽想到了什麼似的，臉色微微一沉，她望著姜玉，語重心長地說：「妳長大了，有些事情告訴妳，妳應該會諒解我的吧。」

她又嘆了一口氣，繼續說道：「妳爸那時候是外公看中的女婿，外公安排我們相親。這個男人雖然不夠聰明，但是對我很好。但我仍然沒有答應，我的心裡還抱著一絲希望。倒是妳外公，整天這裡問，那裡問，他哪裡不好啊？為什麼不答應人家呢？妳爸我就這麼一個女兒，哪時候可以抱孫子喲？我還是堅持住了，不嫁就是不嫁。直到妳外公被檢查出肺癌末期，一個這麼健壯的人，一轉眼變成倒在病床上的一架骨頭，整天叨唸著，說我不嫁，他死不瞑目。沒辦法，都是命。」她擺了擺手，無可奈何地笑了。

「可是，」姜媽抬頭望著姜玉，「我們還是有來往。」

她的聲音漸漸低了下去，眼光從姜玉身上移開。又隨即意會到姜玉可能的顧慮：「妳放心，妳是妳爸的女兒。」

姜媽繼續說道：「一直到妳兩歲那年，有一天，他突然向我說，他沒辦法再過這樣的生活，他不想偷偷摸摸下去。呵，其實他有什麼累的，」姜媽自嘲地笑了，「有家庭的人是我，他有什麼好累的？男人不過就是為了自己的尊嚴和佔有慾而已。他要我和他私奔，我還記得，我們相約凌晨三點半在車站會面。」

「那後來怎麼……」

「那天晚上妳不知道怎麼了，一直哭，整個晚上哭的不停。奶也喝過了，尿布也換了，摸妳的額頭，也沒有發燒。就是一直哭，好像知道媽媽要離開似的。我好幾次想把心一橫離開，但一想到這個孩子以後如果沒有媽媽該怎麼辦……我就，」

「媽——」姜玉抱住她。

姜媽擦去臉上的眼淚：「後來我就沒有他的消息了。」

她摩娑著姜玉的背：「媽想跟妳說，其實選哪個都無妨。是妳自己的人生，只是妳要想清楚選擇背後的代價，妳擔不擔的起。想清楚了，就隨自己的心吧。」

早上，姜玉起床，時鐘上顯示的時間才五點。

夏天太陽出的早，天空已經亮了起來。

拉開窗簾，曝曬在陽光底下臨窗的地方懸浮著塵埃。

她打開窗子，飽滿的稻香迎風而來。

遠處響起清晰的蟬鳴。

用力地吸了一口空氣，她感到前所未有的寧靜。

在家吃過早餐後，她沿著稻田的小徑散步，聽著李宗盛的歌，一切好像回到她還沒離開家到台北唸書的那些年。

儘管嘲笑和異樣的眼光仍然在生活的每個角落裡像幽靈一般尾隨在後。
她還有說服自己等待的理由，還懷抱著對愛情的信仰。
她的信仰在李旭儀面前成了不知天高地厚的童話。
他對愛情死了心，連同她也一起拖下水。
於是她在深不見底的海裡逐漸失去信仰。
沒有信仰的人是在汪洋大海裡失去座標的一葉小舟。
行屍走肉，等待死亡。

她到那座永遠是觀光客比在地人還熱絡的博物館逛逛，在每幅畫作和雕像前凝視許久。
想像著那些從無到有的藝術品。
從一張白紙、一塊不起眼的石頭——。
她原先也是一塊腐木，在冷落的歲月裡對愛情還保有一息尚存的希望。
直到有一天，李旭儀看見了她。
帶著倨傲的神氣來到她面前。
哼，朽木不可雕也，他自恃明知不可為而為之的驕傲，將她琢磨成一件令他滿意的作品。
她自己曾經是多麼神氣啊！
被愛情的光環圍繞，成為桂冠加頂的幸運兒。
卻不知道頂上的皇冠其實是灰姑娘的玻璃鞋。

過了午夜才驚覺是一場美好卻殘忍的謊言。

不不不，才不是，灰姑娘也有個願意為她尋跡天涯的王子。

她什麼都沒有。

是國王的新衣噢。

李旭儀創造了她，然後親手將她毀滅。

曾經讀到的一首詩裡寫道：「沒有怨恨的青春才會了無遺憾，如山崗上那輪靜靜的滿月。」

她想，什麼樣的青春才會了無遺憾？

什麼樣的青春才不會徒留怨恨？

她的青春原來是黑夜裡一縷幽微的月光，那個男人為她帶來狂風暴雨。

哈，多麼悲壯。

下午，沿著那條田間小路回家，南部的夏天炙熱依舊，光是散步也已讓她汗濕了一身。

回到家，牆上的時鐘指著三點半。

姜媽出門了。

她感到無所事事，但無所事事有無所事事的美好。

她想起放在後院倉庫裡的腳踏車。

雖說是舊了，也許整理過後還可以騎。

姜玉將腳踏車從倉庫裡牽出來，前後輪胎都已經沒氣了，車身和擋泥板積了厚厚的灰塵。

她將車身上下擦過了一遍，然後給鍊子上油。

接好充氣孔，用充氣筒給輪胎灌氣，上上下下擠了好幾次，洩氣的輪胎才恢復一點點原本的輪廓，把她給弄得滿頭大汗。

整理完後，她在家前的空地上試騎，除了煞車有些不靈之外，沒有什麼大問題。

好幾年沒有騎腳踏車了，現在騎起來竟有些奇妙的感覺，像坐在飛天掃帚上飛行。

她在家裡附近的田間漫無目的地騎著腳踏車，不知道騎了多久，累了，就在田間小路停下，坐在路邊休息。

太陽逐漸隱入遠方的山巒。

昏黃的陽光自山的剪影後輻散而出，她望著眼前這幅景色，空靈的平靜油然而生。

她閉上眼睛靜靜的冥想。

一道聲音劃破了此刻的寧靜，她的手機響了。

又是張偉峰。

她接了起來，在接電話的同時，腦海裡已掃過一連串委婉的託辭。

正想著如何打發他，不料電話裡那頭卻說：

「我在台南火車站。」

半小時候，當姜玉看見在人群中四處張望的張偉峰。

她不禁想，如果她愛的人不是李旭儀，而是張偉峰呢？

這樣會不會，讓一切看起來像美好的童話一樣？

有情人終成眷屬。

相愛的兩個人，公主和王子過著幸福美好的生活。

「從此過著幸福美好的生活」。

只有經歷過某些事情，才會發現發明這個結局的人在說謊。

不然就是太懶惰，才將餘後的人生用短短一句話作結。

又或者他是個無可救藥的樂觀主義者。

在21世紀，如果公主與王子不用為了五斗米折腰，不憂柴米油鹽，那麼恭喜，他們熬過了大多數人熬不過的第一關。

感情不致在生活面前低頭然後生變最後消亡。

但這段關係難保不會在安逸的生活裡變質。

為了某種新的刺激——王子外遇、公主出軌。

或是抵不過時間在兩個人身上造成的變化所產生的差異。

男人似酒，越陳越香；女人如花，逐漸凋零。

或是像網路上廣為分享的感人文章裡，王子因為酒駕車禍和公主天人永隔。

還是兩人中誰得了癌症先走？

無論如何，生活不會這麼簡單放過你們。

尤其在讓人眼花撩亂的21世紀。

張偉峰看見她，高興地揮了揮手，朝她跑過來。

「你怎麼來了？」姜玉問。

他靦腆的微笑：「沒有，就想看看妳。我怕妳是不是出了什麼事。」

姜玉兩手一開：「看，我身上沒少塊肉，好的很。」

「妳沒事就好。」

她點了點頭，不知該說些什麼好。

張偉峰看著她，說：「那，我走囉。」

姜玉抬頭看他：「去哪裡？」

「回台北啊。」

「你不是才剛到而已嗎？」她訝異地問。

「我只是來看看妳而已，看到妳沒事，那我就回去啦。」

「等等，」她拉住他，「我帶你去逛逛吧。」她說。

「真的？」張偉峰的眼裡閃爍著笑意。

姜玉帶著他到火車站附近走走，在文化創意園區待了一下子。

那些在古蹟旁的裝置藝術每每讓她感到納悶，像為了討好每個人似的。

「妳看，那企鵝好可愛。」張偉峰指著那些陳列在紅磚屋前的企鵝群像。

她隨著他手指的方向望過去，沒什麼特別的感想。

「哦。」她應付地笑了。

要是李旭儀會說，台灣幾乎沒有文創可言，然後大肆抨擊了一番。

她會邊聽邊點頭，注視著他批評時事時特有的神氣。

不知道是不是故意的，張偉峰表現的對每個事物都有強烈的興趣。

好讓他們的相處不要這麼安靜。

他盯著文創攤販前陳列的插畫明信片：「妳不覺得這些很特別嗎？」

她湊過去看，都是些再平凡不過的小東西。

她微笑著點了點頭。

接著他們到吳園逛逛，一路有意無意地聊著天。

「我喜歡台南。」他說。

姜玉笑了：「你才來多久而已。」

「又沒有人規定要待的夠久才能決定喜不喜歡。」張偉峰說。

姜玉不置可否。

「更何況，我是喜歡有妳在的地方。」

姜玉聞言而笑：「那我以後搬到法國住，你不就要跑到法國來找我了。」

張偉峰看著她：「不管多遠，我都會努力到妳身邊。」

她感到心頭一暖，卻別過頭：「你們男人永遠都是沒得手的最好。」

「我和別人不一樣。」張偉峰堅定的語氣說。

「呵，他也曾經這樣說過。」姜玉感到惻然。

聽到姜玉這樣說，張偉峰的語調變得據理力爭：「他會坐五個小時的車只為了見妳一面嗎？」

「不會。」姜玉搖了搖頭，「他不會。」

「妳知道嗎，妳沒接電話，我有多擔心。我問了好幾個人，都沒人知道妳去哪裡。去妳住的地方，也找不到妳。好不容易接了電話，妳又對我愛理不理的。我不是笨蛋。我也會累的。」

姜玉直視著他，逼問著：「我有強迫你嗎？」

「妳……」

「我有強迫你嗎？」姜玉緊接著問。

「對，妳沒有，都是我一廂情願。」他別過頭去。

姜玉在傷害張偉峰。

她自己是清楚的，看著張偉峰百口莫辯的窘樣。

她正在殘忍地踐踏一個男人的尊嚴。

這是一種試探，如果張偉峰轉身離開，他們再沒有在一起的可能。

如果張偉峰肯在她面前低頭（儘管姜玉無視乎他的付出），那麼姜玉就放心了。

她要一個永遠臣服於她的男人。

她望著張偉峰。

他沒有勇氣盯著她，他在和自己的尊嚴對抗。

姜玉等待著他的反應。

當張偉峰終於抬起頭，在姜玉面前像做錯事情滿臉無辜的小孩。

姜玉已經知道他的答案。

「對不起，我錯了。」張偉峰說。

姜玉莞爾一笑：「走吧，你肚子應該餓了。」

「什麼？」他有些意外。

「帶你去喝牛肉湯。」

「妳不是不吃牛肉嗎？」

「你喜歡啊。」姜玉說。

張偉峰幾乎無法相信姜玉的轉變。只好當作是女人特別的脾氣。

姜玉拉著他的手：「別發呆了，走吧。」

張偉峰的手腕被姜玉的手這樣拉著，感到她的體溫從手掌的皮膚傳來。

他突然覺得，這是他人生中最峰迴路轉的一天。

美好且值得紀念。

吃完晚餐，他們在古蹟附近散步。

傍晚的時刻，那些古老的建築物看上去有股深邃的感覺。

姜玉踩著地上的紅磚塊，腳步輕盈，看上去人也輕盈了起來。

張偉峰望著她，她低頭踩磚的側臉有種說不出的魅力。

「妳這幾天都在幹嘛？」張偉峰問。

姜玉轉頭看向他，又繼續低著頭踩地上的紅磚：「耍廢啊，整天無所事事。」

「是喔。」

「你呢？」她問。

張偉峰笑了：「祕密。」

她抬頭看他，輕輕朝他打了一下：「神經病，什麼祕密？」

「就，」他抓了抓後腦，「練練吉他。」

「你會彈吉他？怎麼沒有聽你說過？」

「國中學的啦，上了高中就很少彈了。」

「那為什麼最近又開始彈了？」她明知故問，這一點點男孩的小小心機，在女人敏銳的嗅覺裡表露無遺，但是為了維護他們的尊嚴，女人要懂得適當的裝傻，並且在適當的時機表現適當的驚喜，好滿足他們的虛榮。

「沒有啊，暑假無聊。就拿出來練了。」張偉峰說。

公園裡的路燈已經亮了起來，他們找個地方坐下。

不遠處有人在唱歌，旋律輕輕的，聽起來很舒服。

姜玉看著那位街頭藝人，聽著不知道名字的歌曲。

她悠晃著雙腳，怡然自得地說：「我喜歡台南，這裡不像台北，每天一睜開眼就要開始奮鬥。」

「這樣也沒什麼不好，台北提醒了我們都要學會長大。」張偉峰。

「如果長大是這樣子，那我寧可永遠都不要長大。」

張偉峰笑了：「但這是不可能的啊。」

「也是，這是不可能的。」姜玉說，「其實我原本在台南念了一年的大學。我媽叫我留在家裡，不用出去打工。可是後來我覺得，老是靠家裡也不好，就說什麼也要一個人到台北讀書。」

「所以妳比我大？」張偉峰。

「怎麼了，後悔喜歡上我啊？」姜玉說。

「沒有，其實我喜歡比我大的女生。」

「你該不會有伊底帕斯情節吧？」

「不知道耶。」張偉峰說，沉默了半晌才開口，「可能是因為我媽的關係吧。」

他將視線從姜玉身上移開。

姜玉見狀，將身子湊過去握住他的手說：「乖，沒事了。」

張偉峰轉過來看著她。

「姜玉……」他將手反上來扣住她的手指。

她沒有掙脫，靜靜地任他扣住。

張偉峰的手心滲出微微的汗。

他看著不遠處的街頭藝人，突然靈機一動。

「來。」他牽起姜玉的手，走到前面的長椅上坐下，接著跑上前去和那位街頭藝人說了些話，那位街頭藝人點了點頭，將吉他交給張偉峰。

只見張偉峰揹起了吉他，握著麥克風，看向姜玉：「玉，我知道我不是一個很聰明的人。可是，我願意用我的一生去讀懂妳。」

四周響起了零星的掌聲，突如其來的驚喜讓姜玉幾乎紅了眼眶。

一陣靜默，張偉峰低頭看著手裡的吉他，撥了幾條弦。

才彈了幾個音，姜玉已經聽出來是哪一首歌。

張偉峰給了她一個意想不到的驚喜，讓姜玉幾乎無法克制的流下眼淚。

張偉峰望著姜玉，深情地唱起歌：

曾經自己，像浮萍一樣無依。
對愛情莫名的恐懼，
但是天讓我遇見了你。
我初初見你，人群中獨自美麗。
你彷彿有一種魔力。
那一刻我竟然無法言語。

他穿過四周的掌聲來到姜玉面前，蹲下，仰望著哭得淚人的臉。

捧著它，溫柔地將眼淚拭去。

說：「我是真的愛妳。」

火車駛入月台，慢慢減速，停下。

回頭看向姜玉，張偉峰臉上的靦腆顯露無遺。

「那——我先走了。」他說。

他們之間維持著一段微妙的距離。

像是第一次接吻後無所適從的初戀情人，因為羞澀而不知如何面對彼此。

車門開了。

姜玉拉住張偉峰的手，「偉峰。」

「怎麼了……」他話才說到一半。

姜玉身上的香味便迎面而來，張偉峰的臉頰被溫軟的嘴唇蘸了一口。

「到家打給我。」姜玉說，臉上掛著一抹輕淺的微笑。

微笑上泛著紅暈像一顆鮮豔的紅蘋果。

張偉峰幾乎失了神。

車門關上。

隔著一面玻璃，他望著姜玉，少女勾魂攝魄的柔情萬種，將在他心中留下一道無法抹滅的痕跡。

第八章　七年

七年了，七年的時間有多長。

長到她再也不是以前那個躲在陰影裡的姜玉。

卻忘不了李旭儀在她心底留下的痕跡。

姜玉焦急地打著電話。

望著桌上陳列的書籍和文件，最後回應她的依然是語音信箱。

她不安地尋找其他聯繫方式，手指在桌上反覆敲打，發出噠噠噠的聲音。

臉書和line都沒讀沒回。

「怎麼都不接……」

正納悶著，手機突然響了起來，她迅速接起電話：

「我打了多少通電話！」

「姜姐不好意思，今天立院這邊出了一些問題……」

「你不會先回報嗎？沒教過嗎？市長的約訪多久才弄到，你要他等你一個小記者？到時候又說我們耍大牌……」

「姜姐可是……」

「好了，我不想聽這些藉口，我再幫你拖延一些時間，你用最快的速度趕過去。」

「是，謝謝姜姐。」

姜玉掛掉電話，接連再打了好幾通電話賠罪。

才總算結束了這場烏龍，要是傳到主管那裡又有得檢討了。

她嘆了一口氣，看看時間——Olivia burton的鑲花手錶，張偉峰送給她的29歲生日禮物。

已接近中午，她伸了伸懶腰，將卡其色西裝外套脫下來，放在椅背上，到公司的陽台外抽菸。

從菸盒抽出一根登喜路涼菸，姜玉用力咬破濾嘴的晶球，好像這樣做可以把不好的心情通通發洩出來似的。

她徐徐將菸吐出來，嘴裡頓時充滿一口涼氣。

手機又響了，她不禁皺了皺眉頭。

八成是主管打來罵人，或是記者那邊又出狀況。

出社會之後，來電訊息總是讓人覺得心煩，這通常不是代表著好事。

一看到是張偉峰，姜玉才鬆了一口氣。

她接起電話：「喂，怎麼了？」

「寶貝，我們今天去MERCATO吃飯好不好？」電話那頭傳來雀躍的聲音。

「那間不是很貴嗎？」姜玉問。

「我今天升職了！」

「真的？恭喜，那晚餐就讓你請客了。」她聞言而笑。

「沒問題，老婆的晚餐包在我身上。」張偉峰說。

他們在電話裡笑出聲來。

「那我下班之後去接妳？」

「嗯。」

「那先這樣，愛妳，掰。」

「掰。」

掛掉電話，姜玉由衷一笑。

徐徐吐出菸來。

她沒想到她就這樣和張偉峰長跑了七年，但是她很明白，這絕非偶然。

和張偉峰的感情是一種相處，但那不是愛情。

相處和相愛，在本質上是截然不同的兩回事。

相愛是一種自在，相處是一種習慣，自在無法勉強，但習慣可以培養，只需要歷久彌堅的忍耐。

儘管張偉峰無論如何都無法和李旭儀一樣得到她的心，她仍必須承認，他是一起生活的不二人選。

也只有張偉峰，能夠這樣死心塌地地愛著她。

還年輕的時候總認為，愛情和生活是一體兩面的事情，但最後她逐漸發現，愛情的美好浪漫總會在生活的柴米油鹽之前被摧毀的不堪一擊。

生活需要精打細算，但相愛總是不能計較太多，於是兩相衝突，就只能從中權衡了。

晚上，姜玉離開公司前給新人交代明天要準備的細項後，便打卡下班了。

離開公司大樓，張偉峰那台用貸款買來的黑色TOYOTA汽車早已停在門口。

她不由得想起大學那年李旭儀開車載她到陽明山上看夜景的那一晚。

他走下車，為她開了車門，彬彬有禮的說聲please。

她輕微地搖了搖頭振作起來，七年了，過不去的都該過去。

她現在有著自己滿意的工作，有個願意愛她的男人，沒什麼可以抱怨的了，做個知足的女人吧。

姜玉朝李旭儀的車裡走向前去，上了車，和張偉峰簡單的寒暄。

黑色TOYOTA汽車便起步在台北車水馬龍的街道上，隱沒在下班尖峰時段的車潮裡。

「Congratulatoins！」

兩支酒杯在空中輕微地相碰，發出鈴叮的聲響。

張偉峰望著姜玉喝酒的模樣，眼神滿是笑意：「07年的法國波爾多，窖藏5年，妳應該會喜歡。」

「今天是你升職，應該叫白蘇維儂的。」姜玉說。

張偉峰笑了，對她深諳自己的喜好而感到心滿意足。

「妳喜歡的我就喜歡。」

姜玉搖了搖酒杯，望著杯裡的瓊漿玉液。

輕微的酸澀首當其衝，緊接著是芳醇的果香，最後化為酒精的渾厚在舌尖綻放。

比起法國，她更愛的是西班牙和南非的紅酒。

她看著張偉峰，這個男人一旦記得她喜歡法國，就天真的以為所有有關法國的一切她都喜歡。

沒辦法深得人心卻又天真的讓人心疼，她不禁由衷一笑。

看見姜玉的笑容，張偉峰殷勤的試問：「怎麼樣？喜歡嗎？」

她點了點頭：「還不錯。」

張偉峰又為姜玉倒了杯酒。

「我真的覺得我很幸運。」張偉峰說。

「因為很快就升職了嘛？」姜玉夾起一小塊鱸魚肉。

「還有一個這麼完美的女朋友。」張偉峰。

姜玉將手肘靠在桌上，嫵媚地回應他的甜言蜜語。

酒精在姜玉白皙的臉頰上泛起了紅暈，在張偉峰眼中像粉紅色玫瑰那樣溫柔。

他喝了一口紅酒，說：「妳就像這瓶紅酒一樣迷人。」

姜玉聞言不禁噗哧一笑：「你的形容很粗俗，不過我喜歡。」

他雙手一攤：「畢竟我不是報社編輯啊。」

「少來了，」姜玉說，將最後一點酒倒入張偉峰杯裡。

用完飯，他們開著車回到租屋處。

張偉峰牽著姜玉，在台北夜晚的街道散步。

他走在前面拉著姜玉的手，身子轉過來面向她，眼裡滿是笑意。

看著姜玉，張偉峰想起那一年在台南為她唱的歌。

「我初初見妳，人群中獨自美麗……」

「偉峰，你醉了。」姜玉說。

「不，」張偉峰笑著搖了搖頭，「我沒醉，我只是太開心了。」

他拉著姜玉轉了一圈，把最心愛的女人攬在懷裡，看著她微笑的模樣，心裡有股說不出的滿足。

事業有成，情場得意。

多麼棒的人生！感謝上帝，感謝一切美好的事物。

回到家，張偉峰和姜玉各自準備盥洗上床睡覺。

張偉峰脫了西裝外套，回頭瞥見姜玉白色絲質襯衫下豐腴的胸部。

酒精在他體內迅速蒸發成強烈的慾望，他走到梳妝台前摟住姜玉的腰。

身子一挺，腫漲的陰莖在姜玉的裙上磨蹭，得到稍稍寬慰的刺激。

鼻腔裡充滿姜玉舒服的香水味。

濃郁的薰衣草香。

他朝她頸後雪白的肌膚親吻，姜玉發出輕微地呻吟聲。

他開始熱烈地吻了起來，雙手在姜玉胸前揉搓。

張偉峰將姜玉抱到床上，解開她的胸罩，像新生的嬰兒恭維著那對乳房，親暱地撫摸、親吻與吸吮。

姜玉的雙手伸進他的頭髮愛撫。

趁著醉意，張偉峰將手伸進姜玉的裙底下。

——是乾的。

姜玉驚呼了一聲，彷彿深遠的祕密一下子被戳破。

「偉峰，」她將他抵開，「我們說好的！」

激烈的慾望一下子被生硬的打斷，張偉峰望著姜玉許久，將手伸出來。

他嘆了一口氣，癱倒在姜玉身上，彷彿想從雙乳之間的溝壑企求一絲安慰。

房間靜默了下來。

七年了，姜玉依然不肯放心交付給他。

張偉峰知道，是因為那個男人。

姜玉看著天花板，張偉峰的呼吸在她身上發出不安的頻率。

她低頭看著他，突然不忍於他臉上的落寞。

姜玉摸了摸張偉峰的頭髮，溫柔的試探：「我幫你用出來？」

他不作聲。

姜玉轉換了體位，騎在張偉峰身上。

解開他僅剩的幾顆鈕扣和皮帶，溫柔地親吻著他的身體。

姜玉溫柔地撫弄他的男性，張開嘴，用濕黏的舌頭和溫熱的口腔讓他感到舒服。

張偉峰發出悠長的吁聲，將手壓在她的頭上反覆來回。

「啊——」姜玉幫他弄出來，噴濺的液體在她溫熱的口腔裡得到寬慰。

她抽出衛生紙將腥臭的黏液吐出。

張偉峰深呼吸了一口氣，小腹隆起輕輕的起伏。

姜玉坐在他身上望著他，張偉峰也看著姜玉。

他們維持著親密的姿勢，卻無法猜測彼此的心事。

姜玉拍了拍張偉峰的大腿：「趕快去洗澡，時間不早了。」

扣上鈕扣，踱到客廳抽菸。

一晚無話。

週五早晨的通勤時間，姜玉坐在捷運綠線上，看著窗外的風景，一面瀏覽手機上的即時新聞。李宗盛的歌聲在耳機裡播放。

此刻姜玉在聽的歌是〈愛的代價〉。

也許我偶爾還是會想他　偶爾難免會惦記著他

有人說，聽李宗盛的歌就像在閱覽人生，二十歲聽來，是愛情的酸甜苦辣，如今離三十歲不遠了，多少有些明白此情可待成追憶的惘然。

到頭來都是癡，有人任感情擺布，有人保有理性。

她在張偉峰面前是理性，在李旭儀身前是任性。

窗外的景色迤邐，同樣的街道，看去竟是不同的感覺。

拜賜出社會後的現實，她寬大的骨架竟意外成為強悍的標誌。

再不用成為男性審美的低級笑料。

雖然不是新聞科系出身，但是她剛進報社的那種拚命三郎的精神，加上對新聞點的敏銳嗅覺，很快就得上重視。

熬了幾年也算小有成就。

這讓她感悟到，人從來就沒有必要為了別人改變自己。

那些嘲熱諷不過就是為了消遣那些人的無知。

而她現在還有一個願意為她做牛做馬的男人。

人生沒有平路，走到下坡的盡頭自然就會迎向上坡，她感到滿足。

真希望就停留在這個階段就好，不要再有什麼波瀾了。

但是轉念一想，人生又怎能永遠浪靜風平？

「在經歷人生的某段艱難的時刻，你會發現，你微笑，是因為你悲傷；你流淚，是因為你快樂。但無論如何，我們都必須給自己一個繼續相信愛情的理由……」李旭儀掃視台下這群正專心聽自己說話的人：讀者、記者，和前些日子才一起上摩鐵的編輯。

他們凝神傾聽他如同誦詩般的聲音。

默契一致地等待他做完美的結尾。

「因為我們都是孤獨的個體。」

言畢，掌聲如雷，他謙虛地迎向每個崇拜的眼光。

他專心凝視這個時刻，閃光燈與掌聲，讚賞的吆喝和崇拜的眼光。

寫了這麼多年才發現，原來成功的要訣不是勇敢指出這個世界的爛瘡加以痛陳批評，而是自以為是地為賦新詞強說愁，說些意義模糊的大道理，那些自作聰明的人就會頻頻點頭稱是，好像你說中了他們的人生，對你投以愛慕的崇拜和信仰。

他還因此收到幾封信，大多是表示感謝，「你的文章對我的人生產生了很大的影響！」云云，當然啦，他很高興自己有那樣的榮幸。

但那充其量也只是天花亂墜的心靈雞湯，煞有介事那般，無心插柳柳成蔭倒也是不錯的結果。

台下一名記者舉起手發問：「請問一下你可以分享自己的故事嗎？」

李旭儀莞爾一笑，市儈地拿起新書：「精彩的故事就在這本書裡。」

台下一陣笑聲。

「不過，在我提起筆寫下這本書的背後，也的確有一個故事，深深地影響我。」話鋒一轉，他停下來掃視全場，享受因他而起的寧靜時刻：

「我曾經很愛很愛過一個女孩。她有自己獨特的美，卻因為身材異於常人的關係，所以常常被嘲笑。最後我的愛情敵不過她的自卑，她選擇離開我……」

他有意停頓，佯裝悲傷，「不過，我告訴自己，要繼續相信愛情，唯有如此，我們才能遇見更好的人生。」

「我們都必須給自己一個繼續相信愛情的理由。」說完，台下再次掌聲。

他為自己所能做的虛偽感到前所未有的驚嘆。

中午，姜玉和幾位負責其他版的編輯一起用餐。

彼此聊些政治八卦、消遣台灣的官場文化，但大多沒什麼有用的建言，多半只是為了有話題而假裝對那些早已被吵到爛掉的議題表示興趣，好在別人面前當個關心時事、跟得上國際脈動的人。

不知道說到哪裡（姜玉多半只是敷衍地應和），負責藝文版的編輯突然問：「你們知道最近有個很紅的作家嗎？」

「妳是說那個李旭儀嗎？」其中一個人說道。

「對，就是他。我覺得他寫得超好，你們一定要去看。我要趕快弄到他的專訪，應該會有些話題。」

李旭儀——。

這個名字在姜玉的腦海裡如雷貫耳。

她突然打斷他們：「妳剛剛是說李旭儀嗎？」

大夥兒因為她突如起來的舉動而安靜下來。

文藝版編輯點了點頭。

「不好意思。」姜玉為自己的失態道歉，拿起包包匆匆離開。

走到了公司陽台外，她點起一根菸讓自己鎮定下來。

姜玉拿出手機搜尋李旭儀的名字。

「給自己一個繼續相信愛情的理由——新世代療癒作家　李旭儀　鍏心之作。」

她打開購書網站，試閱了內容。

這不是李旭儀的文字，姜玉讀完的第一個反應——李旭儀不會寫出這種東西。

除非這個李旭儀和她所認識的李旭儀是不同的人。

要不然就是，他變了。

為了求證，她從google圖片裡搜尋。

當頁面顯示出七年後的李旭儀，姜玉有股五味雜陳的感覺。

他換了眼鏡，帶上復古的老框，看起來更有些書卷氣息。

一樣梳著油頭，但眼神感覺又多了些滄桑。

而那股宣揚自己思想時的神氣和驕傲，依然在他那張俊俏的臉龐上展露無疑。

只是他的文字變了。

姜玉憐惜地摸著螢幕上李旭儀的臉：「當初那個想和全世界對抗的李旭儀呢？」

剛接近傍晚的時候，台北下了一場雨。

姜玉在大樓門口尋找熟悉的車輛，張偉峰沒有下車，她只好提著包包快步向車子跑去。

踱著高跟鞋在雨中奔跑讓她感到狼狽，一進車子，車內的冷氣不禁讓她打了一陣哆嗦。

她抽出衛生紙擦乾身體，不滿地對張偉峰抱怨：「你也不下車拿傘來接我，就這樣讓我淋雨。」

「我怕停太久會被開罰單。」他說。

「所以你就這樣看著我淋雨？」姜玉突如其來一股無名火，但卻隨即克制下來。

深呼吸，停止這場對話。

為了這種事情生氣讓她覺得自己像個潑婦。

張偉峰開著車，車裡的冷氣讓兩人僵持不下的對話變得凝重。為了轉圜氣氛，他頓了頓才開口：「今天我同事送我兩張票，本來是他和他老婆要去看的，因為臨時有事，順便當作給我的升職禮物。是歌劇，叫做《浮士德》。妳想看嗎？」

「什麼時候？」

她看向張偉峰的側臉，伸出手打開廣播。

「下禮拜五晚上七點半。」張偉峰說。

「喔。」不置可否。

姜玉靠在車窗上，雨水在窗上形成一條小小的涓流，從車裡望出去，這座城市變得氤氳起來，聽著廣播裡主持人溫柔的聲音讓她感到安心。

「所以，是什麼影響你對愛情的信仰？」

受訪的來賓思索了一下回答：「我想，是我所經歷的人生。這些經驗造就了我的信仰，我的價值觀。」

好熟悉的聲音，姜玉微微睜大眼睛。

——是李旭儀，是他沒錯。

李旭儀的聲音透過車裡的音響播放著：「很多人都只看見我的成功，看見我的風光。說什麼當作家很賺錢啊，或是你寫的書很暢銷啊之類的。大多數人只會看見這一面，但是他們沒見過我窮困潦倒，人生走到窮途末路的那一個面向。是我所經歷的那些過去帶給我現在這個樣子。嗯，我想，正是因為我經歷過無數次的絕望，才更需要堅決地去擁抱希望。正如同我在書裡所說的一樣。」

姜玉聽得入神，正想著李旭儀這七年到底怎麼走過來的，卻聽見張偉峰開口了：

「經歷過無數次的絕望，才更需要堅決地去擁抱希望。他說得真好。」

姜玉回頭去看他：「對啊。」

「聽個歌好了。」她伸手切了頻道，轉到音樂台。

正放著最近的流行音樂，女聲搭配抒情的旋律。

天色已完全暗了下來，她看著雨夜的台北，不由得想起二十二歲生日的那一個晚上。

——也是在這樣的一個夜晚嗎？

看著窗外的霓虹，因為雨水的關係變得朦朧而晶瑩，姜玉突然覺得心底的創痕變成甜甜的糖水，在輪廓不再如此鮮明的回憶裡帶給她異樣的安慰。

七點二十分剛過，姜玉看了看錶。

仍然沒有見到張偉峰的身影，外頭的大雨讓等待的時間變得慌亂且漫長。

因為姜玉今天要在中正紀念堂附近採訪，一早兩人就約定好直接到兩廳院會合，兩張票都先放在姜玉這裡。

打了好幾通電話都沒有接，她開始擔心他會不會在路上發生什麼意外。

離開演時間只剩下十分鐘。

她在門口四處張望徘徊，仍然沒有結果。

電話突然響起來，她匆匆接起：「你在哪裡？」

電話那頭的聲音聽來著急：「玉，對不起，我公司這邊臨時出了點狀況，妳能不能找別人陪妳去看？」

（為什麼不早點講？我等多久了，現在找誰跟我一起去？）

她在心裡咆哮，隨即深呼了一口氣：「好，我知道了，你忙你的吧。」

又聽了他一連串的道歉賠罪，她才掛掉電話。

有時候並不是放棄爭吵，而是這種負面情緒的宣洩對兩人的關係和他的失約於事無補，更何況是公事，像個小女孩一樣討糖吃只會把事情弄得更糟糕。

十九歲的時候，心事讓人捉摸不透是種可愛。

但是二十九歲的女人要學會忍受，這是成長。

就連情緒的宣洩和對話的用詞都得將這段關係的各種面向打理好。

她看著手上的票，心想，不看白不看，趁著即將到期的時間迅速入場。

這是姜玉第一次看歌劇。因為場面的磅礴而感到震撼。

剛才趕著進場的時候沒有時間買節目單，只好在一無所知的情況下等待戲劇開始。

燈光暗了下來，適才的人聲也跟著戛然而止。

——開始了。

＊　＊　＊

老浮士德舉起他炮製的毒藥，

遲暮的衰老讓他感到疲倦。與其等待死亡來臨，

他寧願直接迎上死亡。

杯裡的毒藥已到唇邊，他聽見窗外青年嬉戲的聲音。

充滿青春的聲音喚回他對生命的渴望。

但是隨即被他的衰老迎回現實。

生與死的交替在他心中掙扎。

他高聲呼喚惡魔，結果撒旦果真如期前來。

驚懼、遲疑，撒旦問他渴望財富亦或權力？

老浮士德要的是青春和女人的愛。

最後，

他和惡魔達成交易，用靈魂的奴役交換青春。

他聽從撒旦的指示喝下毒藥，搖身變為風度翩翩的青年。

＊　＊　＊

在一個節日的廣場，

人們正歡送軍隊出征。

他們用美酒和歌聲慶祝，期許下一次凱旋榮歸。

華倫丁握著妹妹瑪格麗特給他的護身符，

隨著出征的軍隊走在前頭，

母親過世，留在家鄉的親生妹妹沒有人照顧，

這使他愁眉不展。

重生的浮士德走在廣場中，享受著青春的美好，

他可以盡情奔跑、跳躍，不再受限於老態龍鍾的身體。

憑藉青春的本錢，他重新擁有風流倜儻的資格。

不再因為滿臉的皺紋而抑鬱不樂。

在人群中，他看見了瑪格麗特。

她溫柔、高雅的氣質吸引了他的目光。

浮士德知道，瑪格麗特就是撒旦承諾他的情人。

＊　＊　＊

在撒旦的幫助之下，

浮士德和瑪格麗特很快地陷入熱戀。

因為華倫丁出征的緣故，未婚的瑪格麗特的行徑不受拘束，

她和浮士德盡享愛情的甜美果實，

在近乎迷幻的美好之下纏綿悱惻。

這時候，撒旦獨自站出來，仰望著黑夜，

預言似的自言自語：

「黑夜，請用你的陰影籠罩這對情人，瑪格麗特的靈魂，將深鎖進無盡的悔恨之中。」

看到這姜玉不禁感到心驚，好像舞台上的撒旦正在對她說話。

她挪了挪身子，繼續凝神觀注。

＊　＊　＊

瑪格麗特漸漸發覺自己的身體有了異樣。

——她懷了浮士德的孩子。

在十六世紀，未婚生子是個罪大惡極的禁忌。

她身陷於無法自拔的苦惱之中。

窗外響起士兵的合唱，華倫丁，瑪格麗特的哥哥凱旋歸來。

這時，撒旦在瑪格麗特家前唱著詞彙淫靡的歌曲，

華倫丁走出家門，
在撒旦的有心操弄之中，
他發現了瑪格麗特不貞的情事，
一氣之下，他拔出劍來和浮士德一決生死，想藉此一雪家門恥辱。
華倫丁是征戰沙場的軍人，
而浮士德卻是一介書生，勝負高下立判。
但是撒旦卻在一旁射出暗箭，殺死了華倫丁。
華倫丁撐著死前最後一口氣，將身上的護身符扯下，
這時瑪格麗特趕到現場，一切都為時已晚。
華倫丁指著她：「瑪格麗特，我詛咒妳不得好死！」

＊　＊　＊

面對哥哥的死亡和生前的詛咒，
瑪格麗特抱著浮士德的孩子，
這是不貞的後果，她受到鄰人的冷落和指點。
而浮士德這時卻被撒旦迷惑，四處拈花惹草。
在茫茫的大雪中抱著孩子，瑪格麗特已感到窮途陌路。

瑪格麗特在心力交瘁之下，精神逐漸恍惚，
竟將雪花看作保暖的棉絮。
將寒冷的冰雪塞進襁褓之中。
活活凍死自己的孩子。
瑪格麗特因為殺死了自己的孩子而被判處火刑。
這時候，
浮士德終於回心轉意，
他心中充滿悔恨，前往監牢中營救瑪格麗特。
卻發現她已神智不清。
浮士德著急著要將瑪格麗特救出監獄，
撒旦在他耳邊催促，一旦到了天亮，他的法力就失去了作用。
瑪格麗特看見了撒旦，
才發現浮士德早與惡魔為伍，寧願受死也不願離開，
最後在烈焰的火舌之下燃燒至死。
她的靈魂受到上帝垂憐，到了天堂。
而浮士德卻聽見撒旦的呼喚……
劇終，全場歡聲雷動，拍著響亮的鼓掌，大喊著 Bravo。

姜玉對歌劇幾乎一竅不通，沒有跟著觀眾拍掌。

摸了摸臉頰，只覺得濕濕的。

她好像在裡頭看見了自己，瑪格麗特。

沒有等待演員出來謝幕，姜玉從旁邊的走道離開。

心情有些沉重，她只想回家好好休息。

揉了揉後頸，有些後悔進場看戲的決定。

正步出大廳門口，卻聽見後面傳來一道聲音。

「姜玉——。」有人叫住她。

她回頭看，卻愣在原地。

——浮士德。

七年了，七年的時間有多長。

長到她從沒沒無聞的大學生到報社的編輯，長到她再也不是以前那個躲在陰影裡的姜玉。

卻忘不了李旭儀在她心底留下的痕跡。

他穿著筆挺的西裝，復古的銀框眼鏡掛在筆挺的鼻樑上，梳著油頭。

感覺變高了。

他帶著自信的微笑，他怎麼可以這樣假裝雲淡風輕地站在她面前？

如果沉默就代表她在意，她不能認輸。

掛起笑容：「這不是大作家李旭儀嗎？」

他停頓了一下，在他們眼神交會的當下，姜玉很肯定他嗅到她言語之中的敵意。

「不敢當不敢當。我們好久沒見面了。」

「的確，好久了。真沒想到會在這裡遇見你。」姜玉。

「我也是，我以為我們相遇的地方會在某個風和日麗的午後，在海邊。」

「可惜現實不是小說。」姜玉說。

他們相偕走出兩廳院，雨停了，空氣十分涼爽。

李旭儀看了看錶，十點半。

他看向姜玉：「要去喝一杯嗎？」

在姜玉聽來，這個問句裡埋藏著陷阱。

如果她答應，酒過三巡之後李旭儀不會這樣輕易放過她。

如果她不答應，就代表她怕了。

但是七年的歷練練就她一種自信，她不想認輸。

姜玉掛起微笑，佯做輕鬆地回應他，笑著說：「好啊，反正明天不用上班。」

不知道是不是晚上下過雨的緣故，酒吧裡異常冷清。

只有吧台的工作人員和幾個無所事事的中年男子。

他們揀了靠近角落的位置。

「妳要喝什麼?我請客。」李旭儀問。

「長島冰茶。」姜玉。

李旭儀要了一杯兌水的威士忌。

順手拿了一個菸灰缸，「我抽菸，不介意吧?」

像是為了炫耀似的，姜玉從包包裡拿出登喜路：「沒關係，我也抽。」

李旭儀饒有興趣地問：「妳怎麼時候開始抽的?」

「工作之後吧，壓力大，自然就抽起來了。」

「妳現在?」

「我在一間報社當編輯。」姜玉說。

「哇嗚，好厲害!」李旭儀抽出了一支萬寶路。

「餬口飯吃而已。」姜玉拿起登喜路涼菸，將晶球咬破。

「抽菸的女人真迷人。」李旭儀看著她點火的樣子。

姜玉微微一笑，不作表示。

彼此抽了幾口菸，酒送上來。

李旭儀喝了一口威士忌，感受到烈酒的濃郁，暢快的呼了口氣。

姜玉望著李旭儀說：「你這幾年都在幹嘛?怎麼變成療癒系作家了?」

她彈了彈菸灰，拿起長島冰茶，杯子外緣的冰水浸濕了她的手心。

「哈，妳一定很看不起我吧。」李旭儀自嘲。

這個時候若要比較人生的理想，比起李旭儀的欺世盜名，姜玉的光明磊落讓她占了上風。

「我只是覺得疑惑。」她將菸蒂捻熄，心裡有著小小的勝利感。

李旭儀又喝了一口酒：「後來我和那間出版社的編輯鬧翻了，合約到了之後就沒有再繼續合作。我拿著原本的稿子到處找願意出書的出版社，結果一一碰壁。」

他吸了一大口菸，接著將菸蒂捻熄。

「當然也不完全是稿子的問題，聽說那個編輯四處說我壞話。畢業後那幾年我幾乎沒寫過半本書。我覺得那份稿件應該要被看見，沒有被重視不是我的問題，是那些人有眼無珠。」

「最後不得已，我自己掏腰包找自費出版社。結果是太天真了，行銷啊通路啊操你媽的都要自己出錢，最後我還欠銀行一筆債，結果只賣出二十幾本。妳沒聽錯，是二十幾本。」

他比了一個「二」的手勢。

「那段日子實在太痛苦了，」李旭儀搖了搖杯子，「就連買泡麵也要數銅板。為了省錢一天只能規定自己不能抽超過五根菸。」

「吃了很多的苦才終於認清現實。我看見大家想要的東西，如法炮製，果不其然。再加上我媽給我這副外表，還算人模人樣。妳懂的，這年頭當作家，多少還得靠些長相。」他搖了搖杯子。

姜玉聽著有些心疼，看李旭儀的模樣像在雨中被淋濕的流浪狗。

但那雙眼睛卻散發著無論如何也不認輸的堅毅。

為了說服自己也為了在姜玉面前討回一些尊嚴，李旭儀裝作若無其事的說：「不過沒關係啦，這都是過程。等我有了名氣以後，要寫什麼還要看人臉色嗎？到那個時候我就能做我自己了。」

他笑了，他的自嘲讓姜玉無法表示什麼。

「妳一定很恨我對不對？」李旭儀話鋒一轉，凝視著姜玉。

他問，姜玉聞言搖了搖頭，回以一抹淺笑：「七年了，早沒有什麼恨不恨的。」

「就算如此，妳也恨過我。我是知道的。」他說。

「只是，有些事情妳可能誤會了。」

「誤會？」姜玉不解地看著他。

李旭儀又點了一根菸，拿起菸盒，指著上面的品名：「妳知道marlboro代表什麼嗎？」

她搖了搖頭。

「MAN ALWAYS REMEMBER LOVE，BECAUSE OF ROMANTIC ONLY。男人的愛，不過就是浪漫使然。」

李旭儀頓了頓，開口：「我這輩子最愛的女人，在我高中的時候死了。從那個時候我就覺得愛情不過是個狗屁。我得承認，我對不起妳。我接近妳不是因為我愛妳，而是因為妳在某方面對我而言很有吸引力。」

「所以妳要我說我愛妳，對我而言是一件很困難的事情。我很能清楚地把愛情和那股吸引力區分開來，我不想騙妳，也不想欺騙我自己。那時候，我只能靠嫖妓來解決我的需要。當然不只是那時候，我一直以來都有這個需求，在認識妳之前也是。」

他又喝了一口酒，好繼續說完他想說的話：「那晚遇到警察臨檢，我逃跑的時候手機忘記帶走了。所以接妳電話的那個人，只是個妓女而已。」

「你現在和她還有聯絡嗎？」姜玉問。

李旭儀搖了搖頭：「她不在那裡了。」

姜玉拿起酒杯舉到唇邊，又放了下來，她看著李旭儀。

「李旭儀。」

「嗯？」

「你真他媽的是個混蛋。」姜玉說，喝了酒。

李旭儀笑了：「我是個混蛋沒錯。一直都是。」

「你根本不知道我為你付出了多少。」她說。

「算了，都過去了。」李旭儀打了個圓場，「妳現在不是和張偉峰過得太太平平的嗎？」

「你怎麼會知道？」姜玉望著他，那雙深邃的眼睛裡深不見底。

「我一直都有在關注妳的動態。」李旭儀看著她。

姜玉面對這個男人，突然覺得那些年的恨意都消逝無蹤了。

取而代之的是七年來每個夜裡、每個時刻的思念。

她想坦承她對李旭儀的思念。

但是理性告訴她選擇緘默。

喝完酒，他們步出酒吧。

姜玉看了一下錶，已經十二點四十幾分。

手機有五通未接來電。

「今天就到這裡吧。」她說，拿起手機撥給張偉峰。

「姜玉。」

她背對著李旭儀，手機停在半空中。

李旭儀的話語很溫柔：「妳這幾年都沒有想過我嗎？」

這句話像支鋒利的箭冷不防地刺穿姜玉的心。

——為什麼你要這樣問我。

她微微抬起頭，固執地不讓眼淚滑下來。

「難道妳真的對我一點感情都沒有了嗎？」李旭儀在她身後咆哮。

她努力用最輕微的動作擦去眼淚。

「妳對我一點感覺都沒有？」他朝她走過來，從後面用力地抱住她。

「你放手！李旭儀你放開我。」

「妳說，難道妳沒有想過我？」

「你放開！」姜玉使勁掙脫，卻抵不過他的力氣，被李旭儀緊緊抱住。

「妳說啊！妳說對我沒感覺，我現在就走。」李旭儀在她耳邊大聲地說。

她無法克制眼淚，一把淚水一把鼻涕地哭著。

「我很想你，我恨我自己忘不了你……」

「姜玉。」李旭儀將她抱在懷裡。

姜玉一面哭著一面瘋狂地捶打他，「你知道我有多想你嗎……你知道嘛？」

李旭儀將她緊緊抱住，直到姜玉失去力氣，在他懷裡像隻溫馴的綿羊。

他捧著她的臉，擦乾紅腫的眼睛。

「姜玉。」李旭儀用力吻她，姜玉嘴裡的酒味和溫熱的氣息讓他接連用力親吻。

他的舌尖探進姜玉嘴裡溫熱的舌頭，達到某種親密的結合。

姜玉沒有拒絕，她在腦海裡無數次想像過這個夜晚。

她緊緊攀住李旭儀厚實的臂膀，迎合他的吻。

好像夢一樣。

李旭儀在她耳邊輕輕說道：「今晚留下來好不好？」

眼裡有她從未見過的溫柔。

他的話讓姜玉稍稍清醒了過來。

背叛張偉峰的罪惡感讓姜玉感到心虛。

她感到猶豫不決。

李旭儀還想再吻她，姜玉偏過頭去婉拒。

他的呼吸聲帶著急促，魯莽卻迷人。

姜玉看著手機張偉峰的來電。

張偉峰的殷切比不上面前李旭儀的吻。

她嘆了一口氣。

冤孽。

「偉峰。」姜玉試著調整呼吸。

「妳在哪裡，我打了好幾通電話都沒接……」

「報社那邊臨時出了狀況，我現在要趕到台中。今天晚上應該不會回去了。」

「那妳怎麼時候回來？」電話那頭充滿不安。姜玉覺得心疼。

「明天就回去了，不用擔心我。」

「晚上不安全，妳自己要小心一點。有什麼狀況隨時打給我。」

「好，我知道，不用擔心。」

「愛妳喔。」

「我也愛你。」姜玉說。這是她第一次在電話裡回應張偉峰的愛語。

她掛掉電話。

「妳是故意在我面前說的，對吧？」李旭儀看著她。

姜玉不置可否，就連這點小心機都被看穿了，她還能如何奈何這個男人。

李旭儀抓住她的手，隨之而來的親吻讓姜玉幾乎不願意再去面對任何事情。所有的罪惡感與對張偉峰的愧疚都被李旭儀的吻給沖散得一乾二淨。

她只有盡情地迎合李旭儀，讓情慾的瘋狂沖淡道德的枷鎖。

姜玉捧著李旭儀的臉，七年來反覆在夢裡出現的這張臉。

此刻是如此的真實。

「我已經七年沒做愛了。」姜玉看著他。

李旭儀突然頓了一下，「張偉峰？」

「我沒給他。」姜玉說。

李旭儀笑了，笑容裡帶著優越。

他順手滑下去姜玉的性器愛撫。

「蓬門今始為君開」，李旭儀望著姜玉含情脈脈的雙眼。

姜玉的神情一下變得飄然：「為什麼還要來打擾我？」

「也許只是情緒使然。」聲音溫柔地像把刀子。

清早醒來，姜玉摸了摸床邊，李旭儀仍然一聲不響地走了。

她找了找檯燈周圍，沒有留下任何紙條給她。

坐在床上，姜玉透過窗簾縫隙看著台北的窗景。

這個男人終究不屬於她的。

他要的只是一個愉快的夜晚。

一個可以滿足性慾的肉體罷了。

七年了，七年之後他還是勝利了。

姜玉感到一陣鼻酸，最後不得不抱著枕頭放聲大哭。

不那麼痛了，她只是想把眼淚哭乾，也許這樣子，就再也不會哭了。

不知道過了多久，姜玉從床上爬起來，走進浴室洗了把臉，看著鏡子，她看著鏡子裡的自己。

努力擠出一抹微笑，嘴角上揚，最完美的微笑不露齒白，靦腆中自帶優雅。

她看著鏡子裡的姜玉。

發誓那個曾經愛李旭儀愛得死去活來的姜玉，已經在昨天晚上死了。

第九章　原罪

看著鏡子裡的自己，

她不再是以前那個姜玉了。

——她得想盡一切辦法捍衛她好不容易才終於平穩的人生。

坐在回家的捷運上，姜玉看著車窗外，流動的車子在高樓大廈之間穿梭。

無論這座城市每天都會有數以萬計破碎的心，車潮和金權的流動並不會因此而停止。

台北是個既浪漫又殘酷的地方。

回到家，她將鞋子脫下來在鞋櫃放好。

開門進去，一股咖啡香迎面而來。

張偉峰正在廚房煮咖啡。

「妳回來啦？」他在廚房裡對著她說。

背叛張偉峰的愧疚感一下子湧上心頭，姜玉幾乎無法直視他。

「嗯。」

張偉峰端了杯咖啡走進客廳，遞給姜玉。

「這是妳前陣子說想試試看的咖啡豆。」

前陣子？姜玉不記得了。

喝了一口，才想起那是半年前出去吃飯時不經意說的。

她放下馬克杯。

躺倒在張偉峰的大腿上，往他的肚子裡蹭。

「怎麼啦？」他摸著她的耳垂。

「不要對我這麼好。」姜玉說。

張偉峰笑了：「不對妳好，要對誰好？」

他看著姜玉，說：「我在想啊，我們找個時間回台南好不好？」

她轉過身仰望他：「為什麼？」

「我想說一起去探望伯母啊，我們好久沒有回去了。」

「等報社那邊願意讓編輯多休一點假吧。」姜玉懶懶地說。

張偉峰俯下身子親吻她的額頭。

台北漸漸冷了起來。

偶爾就算出太陽，也絲毫起不了作用。

十二月到了，這座城市開始掛起聖誕節的燈飾，一到了晚上，整座城市立刻亮了起來。

聖誕鈴聲開始在商店街上響起。

好像聖誕節是一個多麼值得慶祝的節慶。

週末，姜玉和張偉峰到東區逛街，他們在街頭駐唱前停留下來，姜玉挽著張偉峰的手，靠在他的肩膀上。

他圍著一條紅色圍巾，那是姜玉前些日子給他織的。

和李旭儀相遇的那一個晚上之後，姜玉將對張偉峰的愧疚感，努力用對他的好來彌補。

但充其量也不過就是讓自己心安。

李旭儀已經是過去式了，人是這樣的，得不到永遠覺得最好，但是一旦得到了，卻又覺得不過是那麼一回事。

她心心念念著李旭儀七年，直到那一晚之後，他依然什麼也沒留給她。

女人的最後一絲盼望一旦失落，就永遠畫上了句點。

她決心要和張偉峰好好生活。

街頭藝人正唱著周蕙的〈約定〉。

她聽著入神，靜靜地靠在張偉峰身旁。

周圍站著黑壓壓的人群，站在那裡靜靜地聽歌，偶爾有人走到前面投了零錢。

唱完了〈約定〉，那位歌手停下來休息。

有些人朝他投了零錢，有些人則做鳥獸散。

「要走了嗎？」姜玉看著張偉峰問。

張偉峰搖了搖頭：「再聽聽，他唱得不錯。」

過了一會兒，那位歌手就著麥克風環顧四周，說：

「接下來這首歌，是我的一位很好的朋友請我唱的，這首歌想送給他的女朋友。」

四周響起歡呼的聲響。

姜玉興奮地拉著張偉峰的手臂：「是誰啊？太浪漫了吧！」

她好奇地張望四周，想看看是哪位幸運兒。

吉他響起了熟悉的旋律，姜玉的心感到突如其來的震動。

她望向張偉峰。

「我初初見你，人群中獨自美麗……」

姜玉不可以置信地摀住嘴巴：「偉峰。」

她的男人單膝下跪，拿出戒指。

「妳彷彿有一種魔力，那一刻我竟然無法言語……」

四周人群圍繞著他們，響起了歡呼和鼓掌。

「嫁給他、嫁給他、嫁給他！」

張偉峰接過麥克風：

「姜玉，我曾經說過，我不是一個聰明的人。但是我願意用一生的時間讀懂妳。我們已經走了七年，我希望，可以再和妳一起走更多更多的七年。」

四周齊聲喊：「嫁給他」、「嫁給他」。

姜玉摀住嘴巴，這是張偉峰帶給她人生中的第二個驚喜。

她聽著四周慫恿的聲音，腦海飛過許多畫面。

閃過許多可怕的念頭。

她能帶著已經髒汙的身體和那一晚的罪惡和他共度未來嗎？

——蓬門今始為君開。

——姜玉，我會用一生的時間讀懂妳。

——也許只是情緒使然。

——嫁給他、嫁給他。

——走更多更多的七年。

張偉峰跪在她面前，眼裡的懇切像把鋒利的刀子。

如果姜玉搖頭拒絕，四周的世界將會開始崩潰。

眼前的笑容會坍塌地一塌糊塗，像風災過境的土石流。

——為什麼？姜玉？為什麼拒絕我？

——嫁給他、嫁給他。

姜玉望著那顆鑽戒閃閃發光，感到自慚形穢。

如果她搖頭，七年的時光就此報廢了。

眼前這個可愛男人將立即夭折。

「嫁給他」。

「嫁給他」。

姜玉莫可奈何，點了點頭。

四周響起轟然的歡呼聲。

張偉峰為她戴上戒指，奔上前去緊緊抱住她。

「老婆，我愛妳。」

「我也是。」姜玉說，感到一陣鼻酸。

四周的掌聲如雷，在聖誕夜，冬季的台北，張偉峰的體溫讓姜玉感到無比窒息。

看著身分證上配偶欄填著「張偉峰」三個字，姜玉有種奇異的感覺。

但是轉念一想，這三個字又能證明什麼？

一旦關係的證明落入行政程序，姜玉就覺得哪裡不對勁。

她和張偉峰開始以「老公」、「老婆」相稱，這讓她感到生活上有一種有趣的轉變。

好像在玩大人的扮家家酒。

他們開始約定每天晚上無論工作到多晚都要一起散步。

像他們的第一次約會一樣。

張偉峰會牽著姜玉的手，說許許多多美好的未來。

「等辦完婚禮，我們就到法國度蜜月。一路從南法玩到巴黎。去逛逛凡爾賽宮、羅浮宮，在塞納河畔喝著咖啡散步，然後到艾菲爾鐵塔上看夜景。」

坐在公園的長椅上，張偉峰環著姜玉的肩膀。

姜玉緊緊靠在張偉峰身上取暖，聽著他說著度蜜月的計畫。

「那可以到拉法葉百貨血拚嗎？」她笑著試探他。

「這個我可能得考慮一下了。」

他們相視而笑，交換了一個淡淡的親吻。

姜玉勾著張偉峰的手指，說：「我想走遍《午夜巴黎》裡的街道。看看能不能在那裡遇到海明威或是費茲傑羅。」

「海明威是誰？」張偉峰問。

姜玉幾乎不可置信的白了他一眼：「他是諾貝爾文學獎得主，一個很偉大的作家。」

「是噢，也許可以碰碰運氣喔。」張偉峰天真地說。

「他已經死了。」姜玉不耐煩地說，「當我隨便說說就好，走吧。」

姜玉正要起身，突然感到一陣噁心感湧上喉嚨。

她摀住嘴巴，胃裡翻攪的不舒適讓她幾乎想吐。

「怎麼了？」張偉峰急忙拍了拍她的背。

「沒事。」她調整了呼吸，深深呼了幾口氣，才好轉了一些。

他們繼續沿著公園四周散步，姜玉突然察覺自己的身體有些不對勁。

但是又無法確切地指出來是哪裡出了狀況。

——等等。她想起來了。

她算了算，不對。

「怎麼了？」張偉峰停下來看她。

——糟糕了。

姜玉看著張偉峰，突然覺得他馬上就會從她眼中消失。

坐在廁所的馬桶蓋上，姜玉看著手裡的驗孕棒，不知如何是好。

她現在是張偉峰的妻子，卻懷了李旭儀的孩子。

她不能去找李旭儀，她明白他的個性。

李旭儀不愛她，更不可能因為一個孩子委屈自己。

她更不可能帶著一個孩子向他搖尾乞憐。

姜玉在洗手台前洗了把臉，將頭髮往後撥去。

看著鏡子裡的自己，她不再是以前那個姜玉了。

——她得想盡一切辦法捍衛她好不容易才終於平穩的人生。

「妳最近有看到那則新聞嗎？一個女的在巷子裡面把她小孩生下來，直接丟著不管……」

中午和一群同事在餐廳吃飯，姜玉的心思還停留在早上那兩條直線所代表的意義。

無數的想法在她腦海中飄過，姜玉幾乎沒聽見那些同事聊天的內容。

她像是失手殺了一個人，為了隱藏屍體而暗自思忖的兇手。

低著頭，她無法相信平坦的小腹裡有個新的生命正在孕育著。

——是李旭儀的孩子。

她要怎麼跟張偉峰開口，她懷了李旭儀的孩子？

他的老婆懷了別人的孩子。

她背叛了他，她已經虧欠張偉峰太多太多了……

——還是趁早和張偉峰上床？這樣子他也許就不會懷疑了？

她仔細推敲去聽歌劇的那一晚，也有兩個月了。

無法湊起來的時差。

——她眼前只剩下兩條路可以走。

「怎麼說也是自己的小孩，怎麼就這樣忍心放著不管呢，也太殘忍了吧。」

「小孩？」姜玉聞言抬頭，看著大夥兒。

「誰要拿掉自己的小孩？」

一群人被她突如其來的疑問矇住了：「沒有，沒有人說拿掉小孩，是那女的丟著小孩見死不救。」

姜玉立即回過神來，道了聲歉，起身離開座位，走到陽台外抽菸。

她心想，只有兩條路可以走。

第一個，向張偉峰坦承一切。

將她骯髒的事情和不可原諒的背叛攤在陽光底下，接受全世界最愛她的男人對她進行道德的審判。

眼睜睜讓七年的感情化為烏有。

讓唯一願意為她付出一切的男人恨她。

第二個，親手殺了她和李旭儀的小孩。

若無其事地在張偉峰面前做個知足的好妻子。

犧牲自己肚子裡的生命，成全自己成為一個沒有汙點的女人。

——無論選擇哪一條路都讓她猶豫不決。

她看著飄散在空中的煙霧，接著點上第二根菸。

晚上回到家的時候已經九點多了。

姜玉在門口脫了鞋子，一進門就聞到香味。

「妳回來啦！」張偉峰在廚房裡呼喚她，接著端出兩道熱騰騰的菜。

「我怕妳沒吃，做了幾道菜等妳回來一起吃。」

他捏著耳朵：「好燙，這都是妳喜歡吃的菜。」

張偉峰從廚房裡拿出筷子和碗，催促著她：「趕快趁熱吃吧。」

看見張偉峰這個模樣，姜玉心裡的罪惡感又更深了。

她幾乎不敢想像，這個男人如果發現事實後會變成什麼樣子。

她不敢想見那張靦腆的笑臉變得猙獰、憤怒。

惡狠狠地質問她的所作所為。

姜玉脫了外套，坐下來吃張偉峰為她做的菜。

才吃了一口，就無法克制地流下眼淚。

張偉峰見狀著急地問：「怎麼了，不好吃？」

姜玉破涕為笑，搖了搖頭：「只是太開心了。」

正要繼續吃，一股作嘔的噁心感又從胃裡衝上來，姜玉立即放下碗筷衝到廁所裡吐。

張偉峰跟在身後，將她的頭髮往後梳理，一面溫柔地拍著她的背。

「該不會是我煮的東西有問題？還好嗎？」他擔心地問。

姜玉頻頻作嘔，卻吐不出東西來。

「我沒事，你去幫我盛杯溫開水。」

張偉峰應了聲，走出浴室。

姜玉隨即將門關起來鎖上。

洗了把臉，她望著鏡子裡的那個女人。

她原本平順的人生怎麼突然走到這一步？

鏡子裡的女人蓬頭亂髮，眼色無神，面目可憎地讓人澈底厭惡，根本不應該存在這個世界上。

姜玉莫名地感到悲哀。

「姜玉，妳還好嗎？」張偉峰敲了敲浴室的門。

她沒有聽見，看著鏡子裡的人。

忍不住失聲痛哭。

夜晚，姜玉幾乎無法闔眼。

看著身旁熟睡的張偉峰。

他熟睡的臉龐有著褪不去的稚氣。

一如他對她毫無私心的奉獻，那樣的奉獻幾近於天真。

——這是這世界上唯一愛她的男人。

一想到這裡，她又突然想通了。

她不能失去張偉峰，一旦失去張偉峰，這個世界上，就不會有人愛她了。

但是她又忍心殺了自己的孩子去成全自己的未來嗎？

李旭儀的孩子，她的孩子。

可是，為了在張偉峰面前當一個賢妻良母，她不得不想辦法解決她放浪、背叛和說謊的證據。

她摸了摸肚子，在心裡滿懷愧疚，卻又為這個念頭感到羞恥。

「媽媽對不起你……」

整個夜晚意外地漫長。

她恨不得白天的到來，好結束雜亂無章的胡思亂想。

恨不得重新來過這荒腔走板的人生。

一個星期後，姜玉和公司請了假。

和張偉峰說要到上海出差兩個禮拜。

張偉峰開著車載她到機場。

在機場外下了行李，張偉峰緊緊抱著姜玉。

「小別勝新婚，我會很想妳的。到了記得打通電話給我報平安。」

「我會的。」姜玉點了點頭。

張偉峰給她一個深情的吻。

姜玉拍了拍他的肩膀：「你先回去吧，不用送我了。」

和張偉峰推辭了一番，過了許久他才終於上車。

姜玉朝他揮了揮手，目送張偉峰的車子漸行漸遠。

直到那台黑色TOYOTA消失在視線裡，姜玉才走進機場。

她突然覺得告別的人是張偉峰，被留下來的是她自己。

航程表上沒有一個地方是姜玉的目的地。

她坐在大廳的位置上，好讓自己靜一靜。

這段等待的時間不為了什麼，也許只是讓自己安心。

她摸了摸肚子，又於心不忍地掉下眼淚。

曾經幻想遇見一個男人，和他彼此相愛，結婚生子、成家立業，過著幸福美好的生活。

沒想到，二十九歲的她為了做好一個妻子的角色，得先殺了自己的孩子，好掩飾她對愛情的不忠，讓她繼續做個忠貞的好女人。

她深吸了一口氣，拖著行李走出機場，叫了一輛車。

前往預約好的醫院。

被推進手術室的那一刻，所有的懸念才終於有了稍停的終止。

姜玉望著巨大刺眼的手術燈，好像聖光降臨。

打在她身上像是天神的眷顧。

瑪格麗特在那齣歌劇裡獲得救贖，她可以嗎？

——當然不行。她肯定會下地獄的。

姜玉多麼希望可以在萬劫不復的悲傷裡得到同情和憐憫，但是作為背叛愛情的女人，她只有被打入地獄的份。

——孩子，你會原諒媽媽嗎？

刺眼的白光讓她流下眼淚，看著姜玉痛哭的模樣，「要不要再考慮清楚。」醫生問。

姜玉搖了搖頭，她已經沒有選擇的餘地了。

第十章 張偉峰

愛的本質是什麼？

它是純粹的美好，人類至高無上的精神，

還是一種包裝好的浪漫？

其實底子裡是私慾的掩藏？

三月二十號

不知道該從什麼時候說起，

應該是姜玉出差回來之後。

總覺得她似乎哪裡不對勁，

整個人缺少了什麼。

但是又無法具體說明是哪裡出了問題。

我好擔心。

三月二十六號

昨天晚上，半夜的時候姜玉突然驚醒。

應該是做了惡夢。

我問她怎麼了，她臉色蒼白。

問我有沒有聽到小孩子在哭的聲音。

我說沒有。

她只點了點頭，到陽台外去抽菸。

姜玉越來越奇怪了。

三月二十九號

連續幾天，

姜玉每天晚上都會做惡夢。

醒來的時候會問我：

「你有聽到嬰兒在哭的聲音嗎？」

四月一號

昨天凌晨兩點，

我被客廳裡的聲音吵醒。

姜玉不在身邊，
我發現她在沙發底下四處找東西。
我問姜玉：
「妳在找什麼？」
姜玉說：
「有小孩子跑進我們家來。」
我受不了了，
抓住她的肩膀，說她生病了。
姜玉突然歇斯底里地說她沒有，她很好。
狠狠地大哭了一場。
我安撫了好久她才入睡。
姜玉一定是生病了。
我該怎麼辦才好？

四月三號

今天，
姜玉在房間裡待了一整天，
什麼東西都不吃。

只是靜靜地躺在床上，一動也不動，
到傍晚的時候她才似乎好了一點。
朝我微笑．臉上一點血色也沒有，說：
「偉峰，人總是還沒弄清楚愛是什麼，就先把一切都搞砸了。」
我不明白她的意思，
說完她又哭了。
我一樣安撫了好久她才睡著。
我想帶她去看醫生，
可是姜玉說她很好，她沒事，只是有點不舒服。
我該怎麼辦呢？

五月三號

做了很多的打算之後，我們搬家了。
搬到海邊。
姜玉說，這樣可以每天看到海。
她辭了報社的工作，在家休養。
我一樣得每天到公司上班。
雖然很擔心她一個人會發生什麼事情，

可是以目前的情況看來，我實在沒有辦法二十四小時看顧著她。

姜玉每天早上五點就會走到海邊。

坐了整整一天，

一直到傍晚，她才會回來。

也許搬到海邊對她來說會比較平靜吧？

也只能這樣了。

五月四號

今天休假，

我陪著姜玉在海邊坐了一天，

我問她為什麼坐在這裡這麼久？

她說，她在等一個人。

「但是他不知道我一直在等他喔。」

說的時候很有自信地笑了。

只有這個時候才會讓我感覺是以前的姜玉，

然後她就不說話了。

靜靜地看著海。

也許會慢慢好起來的吧？

五月七號

今天回家的時候。
我發現姜玉不在家。
打了好幾通電話都沒有接，
跑到海邊，
才看見她，在黑漆漆的海邊。
跑過去叫她，
姜玉緩緩轉過來看我。
好像我的著急在她的預料之內，
用很緩慢的聲音對我說，
「旭儀，你知道西伯利亞的農夫嗎？」
西伯利亞的農夫？
我搖了搖頭。
她立刻斂起笑容，
站起來走回家，
留下我不知道該如何是好。

一如以往的工作，和永遠無解的謎，糾纏著張偉峰的思緒。

午休的時間他喝著咖啡，扯下領帶，坐在餐廳裡兀自地想著事情。

姜玉沒有來由地異常讓他手足無措。

這種事情卻又不知道該向誰說。

他只能期望姜玉有一天會自己好起來。

無論如何，他都會陪伴在姜玉身邊。

正想著，手機響起來了。

一看見是姜玉，張偉峰立刻接起電話。

「玉，怎麼了？」

「今天早點回來，我煮了你喜歡吃的菜。」姜玉溫柔地說。

電話那頭的聲音讓他不敢置信，好像姜玉一瞬間恢復了正常。

——他的姜玉回來了。

「妳……？」

「嗯？怎麼了？」姜玉好像什麼事都沒發生過似的。

他們之間隔著一層薄如蟬翼的膜，張偉峰不敢輕易戳破，只能佯作無事。

「沒事，」他笑了笑，「我會早點回家。」

「嗯，那就好。」她準備掛掉電話。

「姜玉。」張偉峰喊。

她發出不耐煩的聲音。

「又怎麼了？」

張偉峰能想像電話那端她翻著白眼。

一下子以前姜玉翻白眼的模樣湧在他腦海裡，他突然有一種破涕為笑的感動。

「我愛妳！」他朝著電話大喊，忍不住哽咽，在電話旁忍住眼淚。

晚上回到家，姜玉已經將飯菜都準備好，餐桌上點上了蠟燭。

張偉峰飛快地奔上前去抱住姜玉。

「妳回來了。」他說。

「對不起，讓你等我。」姜玉回應他的溫柔。

張偉峰不知道姜玉話裡的意思，這不重要，他只要知道姜玉，他的妻子，他最愛的女人，終於回到他身邊，這就夠了。

他們像從前一樣，吃著飯，聊些工作上的事情。

多半是張偉峰在說話，姜玉只是靜靜地聽著，偶爾應和，偶爾發表感想。

張偉峰突如其來地感到，這是他人生中最幸福的時刻。

入夜，張偉峰看著姜玉躺在他的身旁，心裡感到十分踏實。

姜玉看著他，說：「偉峰，謝謝你。」

「嗯？」

她伸出手撫摸他的臉：「謝謝你一直陪在我身旁。」

「我會一直陪著妳的。」張偉峰說。

姜玉挪了挪身子，依偎在他懷裡：「有時候我好害怕，害怕失去你，這個世界就沒有人愛我了。」

「不會的，你還有很多愛妳的人啊。」張偉峰試著安慰她。

但這樣無傷大雅的安慰只讓姜玉微微淺笑。

她望著張偉峰，朝他的脖子輕輕吸吮：「我想跟你做愛。」

看著海浪拍打在岸上，帶來了一些東西，又帶走一些東西。

姜玉好像做了好長好長的夢，漸漸地她開始分不清楚夢裡和現實的差異。

好像被丟進一座迷宮裡，走著走著就走不出來了。

但在某些時刻，迷宮又會在眼前消失，那個時候她才終於恢復了一點點神智，接著李旭儀的臉、張偉峰的臉，和死在她肚子裡，那張空白的臉，又會一股腦地湧上來，讓她想跑回那座安靜的迷宮裡。

想起二十九年來的人生，先是天生的絕望，然後有了一道曙光。

後來發現那道曙光是個陷阱，在千鈞一髮之際她抓住了張偉峰。

然後，過了七年平凡的生活，李旭儀又跑進了她的生命裡。

本以為只是晴空中的一道驚雷，卻意外毀了她整個人生。

如此反覆著，活下去是需要勇氣的，但是姜玉發覺她已經失去跨越挫折的勇氣。

如果人生是不斷跨越一座接著一座高山，然後努力變成更好的人。

那麼，李旭儀該是她這一生，永遠跨不過的高山吧。

望著地平線，海的終點，海浪的濤聲不絕於耳。

姜玉的腦海裡充滿著嗡嗡嗡的聲音。

海的終點，那裡，會不會有一個沒有悲傷存在的地方？

望著地平線，姜玉站起身子，朝海邊走去。

她想走到一個永遠沒有悲傷的地方。

沒有李旭儀，也沒有張偉峰，更沒有被她親手害死的孩子。

她累了，需要休息，需要到那個沒有悲傷的地方休息。

「是啊，沒有悲傷的地方，到那裡過著快樂的生活。」

她定定地看向遠方，海的盡頭看似一片祥和。

她慢慢走了海裡，望著遠方，直到整個身體都沒入海中……

漸漸地，岸上一個人的蹤影也沒有。

海浪依然反覆不停地往岸上拍打，處變不驚地在時光中反覆著。

晚上張偉峰回到家，沒有見到姜玉，房間被收拾地異常地整齊。

他焦急地跑到海邊，海邊仍然沒有姜玉的蹤影。

姜玉的手機關機了。

海浪拍打岸邊的濤聲讓張偉峰感到心驚。

他突然想起大三那一年姜玉不告而別的夏天。

心裡有著非常不好的預感。

五月二十號的日記上，只有張偉峰凌亂的字跡，他想下筆寫些什麼，卻又用力塗掉，把紙張給劃破。

一如李旭儀文思枯竭時的稿紙。

寫不出東西來的夜晚，總是讓他感到煩躁。

點了根菸，漫長的夜晚讓李旭儀想起陳語臻和姜玉。

其實他早該在十八歲那一年就死了。

卻意外地活下來。

如果他死了，陳語臻就是殉情而死的。

「殉情」，思索著這一個詞，是多麼浪漫的詞彙。

可是李旭儀活下來了，陳語臻從此成為他心口上無法抹滅的疤痕。

而他也從此失去愛人的能力。

「昨天和妳去看電影的那個人是誰？」

等待紅燈的時刻，李旭儀才終於鼓起勇氣問她。

望著紅燈，他不必面對她的表情和眼神。

不用這麼直截地面對她的背叛和試圖掩飾的不安。

李旭儀看著前方，凝神傾聽後座，他這輩子最深愛的人即將開口說的話。

他感覺到她倒抽了一口涼氣。

聲音裡充滿著支吾的心虛：「只是一個朋友。」

朋友，他思忖。牽著手看電影的朋友。

他心裡早有了底子，只不過想聽她親口說出。

紅燈轉成綠燈，李旭儀催開油門。

安全帽底下的眼眶因為憤怒和羞愧而滲出眼淚。

他將油門用力催到底，上升的速度和心中的怒火一樣無以復加。

眼前的景色模糊了起來。

他無法接受這樣的背叛，爆裂的風聲讓他聽不見任何聲音，陳語臻的手緊緊抓住他。

綠燈轉向紅燈。

他沒有放慢速度，加緊油門往前方的車陣衝去。

「沒有人可以從我身邊搶走妳。」

——砰！

許多年後，當飛機降落在夏爾．戴高樂機場，張偉峰瘦削的臉龐貼在飛機上的窗玻璃，眼神空洞且憔悴，這座夢裡的城市逐漸在他眼前展開。

他想起二十一歲那年遇見的女孩。

寬大的身架，一頭俐落的短髮和寬闊的臉龐。

笑起來很甜，印在她白皙的皮膚上像漂浮在牛奶上的玫瑰。

他突然被回憶拉得老遠，遠到姜玉在月台送別的吻，依稀在臉上留有餘溫。

他又不禁流下眼淚來，為了不驚動飛機上的乘客，他只能將臉埋進雙手，竭盡所能地壓抑住嗚咽的聲音。

自從姜玉走了以後，他常常沒有先兆地落下眼淚。

凜冽的冬天。

古老的哥德式建築靜謐的躺在這座城市，早晨的巴黎有一種說不出的蒼涼。

羅丹美術館的沉思者雕像，像在思索一道人類已探究千年的難題：

——愛的純粹與本質。

以性為目的的愛情，和不為了什麼而願意為對方犧牲一切的愛情，是一樣的東西嗎？

人真能不為了貪圖什麼而一味犧牲自己討好別人？

愛的本質是什麼？

它是純粹的美好，人類至高無上的精神，還是一種包裝好的浪漫，其實底子裡是私慾的掩藏？

張偉峰披著姜玉為他織的紅色圍巾。

站在凡爾賽宮外，巨大的空虛在心裡蔓延。

他突如其來地感到想哭。

他想起姜玉生前說的話。

我想走遍《午夜巴黎》裡的街道。看看能不能在那裡遇到海明威或是費茲傑羅。

「我們不是說好的嗎？」

他摀住滿是鬍渣的臉，眼淚忍不住奪眶而出，蹲踞在街上痛哭流涕。

「姜玉，我好愛妳……」他嗚咽著。

「我真的好愛好愛妳……」

此刻張偉峰感到他對姜玉的愛，擁有前所未有的深刻。

這種唯獨被狠狠傷害過才得以顯見的濃烈情緒，是一道無解的命題。

離開巴黎的前一晚，我夢見妳了，姜玉。

妳穿著紅色的風衣，牽著一個小孩，站在塞納河畔，

好久不見，妳依然這麼美麗。

我站在橋上看妳，

為什麼我不在妳身旁，或是沒有立刻衝過去抱住妳呢？

我只朝妳揮了揮手，

妳也朝我揮了揮手，

船要開了。

妳大聲朝我說了些什麼話，我沒有聽見。
最後妳上了船，
玉，我知道，妳要到海明威和費茲傑羅那裡去。
也許是我不夠聰明，所以妳沒有讓我跟妳去。
但是我會好好活著，不用擔心。
就像我們在廣播上聽到的：
「唯有經歷無數次的絕望，才更需要堅決地擁抱希望。」
我不能再這樣下去了，不然妳也會心疼我的吧？
唯有經歷過無數次的絕望，
才更需要堅決地擁抱希望。
我會連同妳的份一起好好活下去！

（全文完）

語言文學類　PG1922　SHOW小說24

浮士德的愛情

作　　者／陳　莫
責任編輯／林昕平
圖文排版／楊家齊
封面設計／Laine S.
封面完稿／蔡瑋筠

發 行 人／宋政坤
法律顧問／毛國樑　律師
出版發行／秀威資訊科技股份有限公司
114台北市內湖區瑞光路76巷65號1樓
電話：+886-2-2796-3638　傳真：+886-2-2796-1377
http://www.showwe.com.tw
劃撥帳號／19563868　戶名：秀威資訊科技股份有限公司
讀者服務信箱：service@showwe.com.tw
展售門市／國家書店（松江門市）
104台北市中山區松江路209號1樓
電話：+886-2-2518-0207　傳真：+886-2-2518-0778
網路訂購／秀威網路書店：http://store.showwe.tw
國家網路書店：http://www.govbooks.com.tw

2017年12月　BOD一版
定價：260元

國家圖書館出版品預行編目

浮士德的愛情 / 陳莫著. -- 一版. -- 臺北市 :
秀威資訊科技, 2017.12
面 ; 公分. -- (語言文學類)(SHOW
小說 ; 24)
BOD版
ISBN 978-986-326-500-9(平裝)

857.7 106021405

讀者回函卡

感謝您購買本書，為提升服務品質，請填妥以下資料，將讀者回函卡直接寄回或傳真本公司，收到您的寶貴意見後，我們會收藏記錄及檢討，謝謝！如您需要了解本公司最新出版書目、購書優惠或企劃活動，歡迎您上網查詢或下載相關資料：http:// www.showwe.com.tw

您購買的書名：＿＿＿＿＿＿＿＿＿＿＿＿＿＿＿＿

出生日期：＿＿＿＿＿年＿＿＿＿＿月＿＿＿＿＿日

學歷：□高中（含）以下　□大專　□研究所（含）以上

職業：□製造業　□金融業　□資訊業　□軍警　□傳播業　□自由業

□服務業　□公務員　□教職　□學生　□家管　□其它＿＿＿

購書地點：□網路書店　□實體書店　□書展　□郵購　□贈閱　□其他

您從何得知本書的消息？

□網路書店　□實體書店　□網路搜尋　□電子報　□書訊　□雜誌

□傳播媒體　□親友推薦　□網站推薦　□部落格　□其他＿＿＿＿＿

您對本書的評價：（請填代號　1.非常滿意　2.滿意　3.尚可　4.再改進）

封面設計＿＿　版面編排＿＿　內容＿＿　文／譯筆＿＿　價格＿＿

讀完書後您覺得：

□很有收穫　□有收穫　□收穫不多　□沒收穫

對我們的建議：＿＿＿＿＿＿＿＿＿＿＿＿＿＿＿＿

請貼
郵票

11466
台北市內湖區瑞光路 76 巷 65 號 1 樓

秀威資訊科技股份有限公司 收

BOD 數位出版事業部

…………………………………………………………………………………

（請沿線對折寄回，謝謝！）

姓　　名：＿＿＿＿＿＿＿＿　年齡：＿＿＿＿　性別：□女　□男

郵遞區號：□□□□□

地　　址：＿＿＿＿＿＿＿＿＿＿＿＿＿＿＿＿＿＿

聯絡電話：(日) ＿＿＿＿＿＿＿＿　(夜) ＿＿＿＿＿＿＿＿

E-mail：＿＿＿＿＿＿＿＿＿＿＿＿＿＿＿＿＿＿